취향대로
살게요

취향대로 살게요

1판 1쇄 발행 2022년 11월 09일

저자 김경진

교정 주현강 **편집** 문서아
마케팅 박가영 **총괄** 신선미

펴낸곳 (주)하움출판사 **펴낸이** 문현광

이메일 haum1000@naver.com **홈페이지** haum.kr
블로그 blog.naver.com/haum1000 **인스타그램** @haum1007

ISBN 979-11-6440-243-4(03810)

좋은 책을 만들겠습니다.
하움출판사는 독자 여러분의 의견에 항상 귀 기울이고 있습니다.
파본은 구입처에서 교환해 드립니다.

취향대로
살게요

새글 김경진 에세이시집

차 례

1장

취향대로 살게요

3장

날씨 따라 달라요

4장

첫눈에 반했습니다

사랑의 정의

말로만 해서는 안 될 마음으로 간다.

몇 음절로 표현하기에는 한계가 있는 사랑이다.

뼈마디가 시리고 온몸의 근육이 미칠 듯 사달이 났다.

오를수록 끝에 닿지 못할 것만 같은

무궁한 계단으로 연결되어 있을지라도.

빠져들어야 깊이를 알 것 같은 웅덩이 속에 있을지라도.

네가 있는 곳에 이르고야 말 것이다.

사랑인지, 집착인지 구별할 의미가 없기 때문이다.

너를 향할 때에는 흐름이 멈추지 않는

땀의 용량을 가누지 못하겠다.

센 바람이 일어도 너의 뒤를 지키며 따라갈게.

헤퍼질 대로 헤퍼져 한없이 쏟아지는 빗줄기에 흠씬 젖으면 어때.

오늘도, 내일도 너를 따라가고 있어야

그나마 간절해하고 있음을 내세울 수 있을 테니.

너를 위해 갈 때엔 나를 챙기는 것은 뒷일이다.

1장

취향대로
살게요

― 가을비 우산 속에서

우산대를 잡고 있는 손으로
빗방울이 우산 살대에 떨어지며 만들어 내는
진동이 경쾌하게 전해집니다.
떠올려 보면 갈 사람은 가야 했고
남을 사람은 붙잡을 필요가 없었습니다.
연연해하지 않고 살아도
상관이 없었다는 결과가 마음에 듭니다.
물기가 모이다 무게를 감당하지 못하면
비가 돼 지면을 향하듯
인연이 쌓이다 사연이 중첩되면
갈라서기도 하고 더 진한 연결이 되기도 합니다.
억장이 무너지는 고통일 때도 있습니다.
후련한 단절이 카타르시스를 줄 때도 있습니다.
사선으로 부는 바람의 방향을 따라
비껴든 우산 속에서 떠남을 떠나보내고
가슴을 감전시키고 있는 남음을 감싸 안습니다.

── 취향대로 살게요

눈치, 코치 보면서 살면 뭐 해요.

잘되면 잘되는 대로, 못되면 못되어도

질투도 받고 비난도 받을 내 삶일 텐데요.

타고나 생긴 대로 살게요.

본래 가진 취향대로 살게요.

못 가진 것은 애당초 내 것이 아닌 것일 테고

품고 있는 성격이 애쓴다고 나 아닌

다른 사람처럼 바뀌지는 않을 텐데요.

이 사람, 저 사람 코치를 받으며

내가 아닌 내가 되어 보려 한다 해도

지금과 내일의 차이가 얼마나 다를까요.

내키는 대로, 맘 가는 대로 살게요.

후회가 되면 후련하게 후회하면 될 테지요.

좋은 결과가 나오면 콧노래에 맞춰

막춤이라도 추면서 즐거움을 소환하면 되지요.

취향을 지켜 내며 나를 믿어 주는 것이 자존심이거든요.

─ 말의 경계

순간을 참아 내지 못하면 경계가 어지러워집니다.

말을 아끼는 것과 말을 참지 못하는 것의 차이입니다.

단어의 선택이 운명을 결정짓습니다.

거친 말다툼 중에도 구사하는 언어에 따라 관계가 갈립니다.

감정을 담아내는 억양의 높낮이와

표정의 변화가 극적인 효과를 더해 줍니다.

언어가 가지고 있는 맑음과 흐림이 있습니다.

듣기 좋은 소리만 하고 살 수는 없을 겁니다.

싫은 말만 해 대며 산다는 것만큼 불행한 삶이 없을 겁니다.

기분의 상태에 따라서, 몸이 표현하고 싶어 하는 변덕에 의지해서

입꼬리의 모양이 바뀌듯 좋고 싫음의 경계가 달라집니다.

가급적 마음 상하지 않는 말을 하려 합니다.

목소리가 가슴을 부드럽게 파고드는 진동이 되어

이미 가지고 있거나 가져야 할지도 모를 상처까지도 보듬는

묵직한 파장으로 번져 울렸으면 합니다.

말의 경계는 태도에서 시작합니다.

⎯ 걱정이 팔자다

목이 간지럽기만 해도
목감기가 심하게 덮칠 건지 걱정이다.
팔이 불편함이 느껴지게 저리기만 해도
어깨 근육에 문제가 생긴 건지 안절부절못한다.
배가 아프면 속병이 의심스럽고
머리가 아프면 뇌 질환이 무섭다.
하물며 마음이 까닭 없이 우중충해질 때면
세상 시름을 다 짊어질 듯 사는 것이 걱정이다.
바람이 불면 강풍에 휩쓸릴까
비가 오면 폭우 피해가 두려워서
몸이 반응을 보일 정도로 더워도, 추워도
날이 좋으면 좋은 대로, 흐리면 흐려서
걱정이 팔자다.
다가올 일들에 무턱대고 대들지 않고 싶어서.
곁에 있는 이들을 가볍게 대하지 않으려고.
나는 걱정을 미리 사서 하는 편이다.
안전 우선주의자의 팔자를 기꺼이 수용한다.

─ 난폭 운전 금지

가다 보니 막다른 길일 수 있다.
거칠 것 없이 휩쓸고 지나간 태풍에
사라진 길 앞에서 멈추기도 해야 한다.
항상 그대로일 것이라는 기대가
무참하게 깨지는 고된 경험은
가급적 겪고 싶지 않지만
삶의 여정에 안전을 속단할 수는 없다.
막힌 길에 이르면 돌아 나와야지
달리 방법이 없는 것처럼,
무너져 유실되어 버린 도로를 뚫고 나가려는
위험한 모험은 생명을 담보해야 하는
무모함이 된다는 것을 간과하지 말아야 한다.
신호에 걸릴 것 같으면 미리 속도를 줄여야
나 이외의 사람의 안전도 지킬 수 있듯
길은 혼자서 점령해서는 안 된다.
생을 질주해 버리고 싶은 난폭 운전 금지,
불가항력은 핑계일 뿐이고
급하다는 것은 자기방어를 포기하는 것이다.
좋은 사람이 되려고 애쓰는 것보다
좋지 않은 사람으로 몰리지 않음이 우선이다.

― 예민해서 그렇습니다

나뭇잎이 살짝 떨리기만 해도 가슴이 철렁거립니다.
몸속의 온도를 자극하는 바람이 불기 시작한 가을의 초입에서
벌써 마음의 온도를 올리며 냉기에 대비를 합니다.
예민해서 미리미리 준비를 해야 불안증을 덜어 낼 수 있습니다.
외부에서 시작한 변화보다 내 안으로부터 시작할
변덕에 더 민감하기 때문입니다.
하루가 하루를 더하며 가을이 깊어져 갈수록
잊었다고 믿어야 하는 이별과 잊겠다고 다짐해야 하는
그리움이 차곡차곡 쌓입니다.
가을은 지나가 있는 시간을 챙겨 지금으로
온전하게 소환하도록 나를 예민하게 만듭니다.
나뭇잎끼리 부딪치는 작은 소리에 중독된 채 나무를 껴안습니다.
가을이라서 어쩔 수가 없습니다.

— 에어컨을 끄며

자율의 시계는 어떤 힘으로도 멈출 수가 없다.
위임받은 권력을 재량으로 포장해 휘두르는
절대자일지라도 순환하는 자연의 시간이
가려고 하는 흐름을 방해하지 못한다.
사물의 존재력이 유한한 것보다 사람이 누릴 시간은 짧다.
자신의 영달이 영원할 것처럼 저지르는 업보를
누구도 지울 수 없도록 시간은 기록하고 있다.
죽을 것같이 위력을 떨던 폭염과 폭우도
시간의 부산물로 흔적을 남겨 놓고 지나가 버렸다.
사람은 소멸되어 가지만 순리는 지속됨을 새겨야
위임자의 역할이 정의로워지리라.
끈적거리던 공기가 아침과 저녁으로 불어오는
서늘한 바람에 밀려나고 있다.
이리들처럼 상대를 물어뜯는 기득권자들의 난전을
지켜봐야 하는 고단함을 위로해 줄 가을이 오고 있다.

─ 그런 사람이었습니다

햇빛을 뚫고 내리는 소나기 같았습니다.
솔바람을 포위한 채 감아 오르는 용오름이었습니다.
있었는가 하면 보이지 않았고
찾았다 싶으면 자취를 숨겼습니다.
오고 떠남이 자유로운 속성을
본질로 가진 그런 사람이었습니다.
애써 붙잡을 수고로움을 포기한 지 오래입니다.
소나기가 그치면 햇살이 더 맑아지는 것처럼
용오름이 쓸고 가면 허접했던 자국이 사라지고
정화되는 것처럼 내가 품고 있는 감정이
허술함에서 벗어나 투명해질 것입니다.
닿았다 싶을 때가 이미 허상이었으므로
손끝의 감지력이 무력해질 거라는 것을 예감하게 합니다.
없다 치면 다가와 있고 잡았다 안도할라치면
허전한 여백만 남겨져 있습니다.
시작부터 끝나지 않을 끝까지 그 자리에
그대로 묶여 꼼짝을 못 합니다.
지금도 여전히 그대는 나에게 있음과 없음의
혼동을 키워 주는 그런 사람입니다.

― 호우 특보를 걸으며

번개가 치는 날에는 조심스러워져야 합니다.
낮은 자세로 우산을 짧게 쓰고 걸어야 합니다.
짐승이 질러 대는 으르렁, 절규같이 천둥소리를 타고
싸리비대처럼 빗줄기는 비명을 질러 댑니다.
폭력적인 빗소리에 불안해진 심리가
웅크린 몸 상태에 적응할 수 없을까 어색해집니다.
낮음을 부끄러워하며 살아온 날이 대부분이었습니다.
어려움에 처할수록 괜찮다고 위선을 떨었습니다.
꼿꼿이 등을 펴고 고개를 치켜들고 있어야
무시당하지 않는다고 믿으며 살았습니다.
약한 자들만이 자기 탓을 일삼는 것일 뿐,
남 탓을 할 줄 알아야 강해진다는 허울을 썼습니다.
천둥 번개가 요란한 호우 특보 아래서는
위장된 삶의 태도가 잘못되었음이 부끄러워집니다.
주의보가 경보로 수위를 올려가는 경계를 넘자마자
반성하지 않으려는 헛됨이 저절로 자세를 낮춥니다.
고개를 숙이고 허리도 구부리며 약한 듯
강하게 살아야 함을 올려 잡은 우산대가 알려 줍니다.

After Coffee

두렵지 않은 척했습니다.
오고 있을 날에게는 팔을 벌리면 되었습니다.
헤쳐 나가지 못할 앞은 없을 테니까요.
그러나 살아 낸 시간에게는
되풀이되지 말기를 부탁해야 했습니다.
후회 없는 과거가 없겠습니까.
무서운 꿈을 꾸는 이유도 지나간 시간에 대한
속절없는 되돌아봄에서 비롯된답니다.
오롯이 반응할 태세를 준비했지만
생각날 때마다 그때로 돌아가기는 싫습니다.
내 마음을 전부 주어 버렸기 때문입니다.
돌아봐야 하는 고난이 두렵습니다.
아닌 척해 봐야 회피입니다.
일 년, 이 년, 십 년을 손에 꼽아 봤자
여전히 그 시간으로 다시 복귀한
나를 발견하고 맙니다.
무섭습니다, 그대가 남겨 놓은 결계에서
단 한 순간도 벗어날 수 없습니다.
그을린 향기가 그윽하게 번져 나오는
이별 이후 커피가 진하디진합니다.

─ 마음의 총량

가득 채우고도 넘치면 좋겠습니다.
넘쳐 나도 한없이 다시 채우고 싶습니다.
화수분처럼, 옹달샘처럼
소생이 그침 없는 마음을 퍼 나르며
그리움의 시절을 살아 있었으면 합니다.
바닥이 드러나지 않고
끝이 나지 않는 마음을 이어 가려 합니다.
그대에게만 헤퍼지는 마음의 총량은
무한대의 무한 반복입니다.
그대로 인해 울어야 할 날이 아무리 많아도
그대에게 받아야 할 인내의 기다림에
지쳐 가면서도 나의 마음은 살아서
숨을 쉬고 있을 것임을 예감합니다.
그대에게 쏟아 낼 마음은
한계가 없기 때문입니다.

─ 이별의 파탄

　놓아야 한다고 재촉할수록 더 단단히 뒤엉키는 매듭 같은 사람이 있다. 떠나보냈다기보다는 떠나 버린 사람이다. 버릴 용기가 없어서 버림받기를 선택해야 했다. 잊겠다고 머릿속을 헝클어도 가슴에 남기를 고집하는 이유는 등을 보였다는 분노일 것이다. 풀리지 않는 화가 심장을 세차게 박동시킨다. 미세 혈관을 점령한 박동의 파장이 손마디, 발가락 끝까지 떨리게 한다. 분노의 폭발은 뇌파를 혼란시킨다. 이별은 가장 뼈아픈 정신의 금제다. 견딜 수 없는 화의 감옥형이다. 이별이 아픈 것은 슬퍼서 뿐만이 아니다. 서운함을 보상받지 못할 원망이 남기 때문이다. 잘못된 이별의 과정은 남겨진 사람을 파탄시킨다.

― 폭주 소리

낮 동안 넣었다 뺐다 주고받으며
간을 봐야 했던 말의 잔상들이
깊어지는 밤 속으로 폭주족이 끌고 들어온
괴성처럼 꼬리를 높이 치켜든다.
생각이 다른 사람들이 서로를 이해하는 방법은
말꼬리를 잡아채다 지치는 것이다.
자다 깨다 혼곤한 상태가
치대던 대화처럼 열대야와 대치 중이다.
내가 할 수 있는 최선의 저항은
쓰고 지우기를 맘대로 할 수 있는 글을 쓰는 것이다.
눈물 나는 사연을 연출하고 피맺힌 그리움을 털어 낸다.
삭혀지지 않는 욕지기를 배설하고 원망을 토해 낸다.
상처를 주고받아야 하는 언쟁에서 포기하길
일삼고 싶은 나와의 싸움에서 이길 수 있는 방법이다.
밤이 오토바이가 질러 대는 폭음 속에 멈춰 있다.
살이의 치열함에 분노를 폭발시키고 있는 것이다.
내가 나를 향해 끊임없이 글을 썼다
지우기를 반복하는 것처럼.

── 슬픔은 끝나지 않는다

줄어들었다 다시 커진다.
새끼줄처럼 짚 가닥을 넣어 꼴수록 길어진다.
슬픔은 그렇게 한계가 없다.
끝나지 않고 남아 있다.
서러움과는 차원이 다르다.
원망이 끼어들기도 하고
용서가 마중을 나가기도 한다.
지남철이나 되는 듯 조각들을 모으기도 하고
분수라도 되는 듯이 사방으로
잔해들을 뿌리기에 여념이 없다.
모여들었다 흩어지다 몸집을 부풀린다.
그렇게 슬픔은 지랄 같다.
잊을 만하면 물컹거리면서 심장을 덮친다.
슬픔이 흘려 놓는 물기에 익사 위기다.
너를 놓치고 난 이후 발견된
유일한 슬픔은 끝나지 않는다.

― 내놓을 수 없는 슬픔

부끄럽지는 않습니다. 다만 속눈물이 멈추지 않습니다. 슬픔은 드러낼 수 있어야 덜해지지만 내놓을 수 없는 슬픔을 가지고 있습니다. 누군가 물어봅니다. 왜냐고. 표정이 밝아지지 않는다고. 속 시원하게 말을 해 달라고. 보는 내내 답답해지는 건 자기 자신이라고. 그러나 '왜냐하면'이라고 답을 내줄 수가 없습니다. 말할수록 더 슬퍼지기 때문입니다. 드러낼수록 더 커지는 슬픔도 있습니다. 나를 슬퍼하고 있어서입니다. 살갗이 깎여 피가 나는 아픔이 아닙니다. 몸을 파고든 병이 있어 아픈 것이 아닙니다. 내 삶의 중심축이 무너져 있습니다. 바로 세워 놔도 금세 한쪽 방향으로 기울어져 버립니다. 마음에 깊이 난 상처가 아물지 않고 있어서입니다. 그리움을 놓아주어야 했기 때문입니다. 더 이상 내 속에 가둬 놓고 돌봐야 하는 그리움이 아님을 알았습니다. 잘 보내 주지 못하고 있는 슬픔을 밖으로 내놓을 수가 없습니다. 아주 오래도록 보내고 있어야 할 듯합니다.

─ 소주가 열여섯 병

푹, 푹 대기가 찌는 날, 중복이라고 했다.
금대리 큰곰식당은 치악산에서 내려온
계곡물이 내는 찰, 찰 소리를 품어 내고 있었다.
더워서, 더위를 이겨 내자고, 까짓 더위쯤이야.
우리는 속에 품고 있는 열병에 불을 지르고 있었다.
시절을 핑계 대고 건강을 외쳐 대면서
산다는 불평을 최고의 안줏감으로 떠들었다.
정치를 예언하고 경제를 비관하다가
살아온 날들과 살아갈 날들이 비등비등할 뿐이라고
차가운 소주병을 비워 한 줄로 세우며
얼굴이 얼얼해지고 있었다.
깊어져 있는 눈주름과 벌초가 잘 되어 있는 듯 솟아 있는 뱃살을
부끄럼 없이 보여 줄 수 있는 사람들이었다.
가끔 헛구역질을 해 대며 화장실을 몰래 다녀와서도
아무렇지 않은 척 복더위 때문이라고 너스레를 떨어도
그러려니 넘어가 주는 사이가 쉽고 편한 법이다.
식탁에 줄을 선 소주병이 열여섯 병이 되어서야
서로의 인생사 여정감이 멈춰졌다.
너와 나의 사연이 중복되는 복날이었다.

── 가끔 게을러도 좋다

유행가가 구성지게 흘러나오는 라디오나 끌어안고
구겨진 이불에 맨살 다리를 꼬고 누워
핸드폰 전원도 꺼 버린 채
할 일이 있어도 본체만체 팽개쳐 놓고

아무것도 귀찮고
보여도 그만
걸리적거려도 그대로
하품이나 해 대는 나마저도 성가신 상태로

하지 않을수록 게을러져도 좋다.
가끔은
다른 내가 돼 버림을 스스로에게 들켜도 상관없다.

─ 이름을 지웠다

오래도록 가슴에 두었던 이름을 지웠다.
풀어낼 수 없었던 안쓰러움을 벗었다.
영혼에 각인된 연락처를 삭제하면서
내 삶의 전부였던 그때를 뭉텅 떼어 냈다.
잊어야 한다는 허전함에서 해방되었다.
안타깝지만 후련해졌다.
놓아주는 것이 나에게도, 그에게도
위함이 되는 것이었다.
진작 지우지 못하고 있던 이름을 이제야 잊었다.
사랑도 때가 되면 벗겨야 한다.
놓지 못하면 집착이 될 뿐이다.
집착은 서로를 불행의 수렁에 밀어 넣는다.
한입에 소주잔을 털어 넣듯 오늘 아침에
눈을 뜨자마자 췌장에 감춰 두었던
부를수록 배고팠던 이름 하나를 소화시켰다.

─ 배롱나무 꽃불

어쩌자고 그렇게 붉어지고 있는 것이냐!
가뜩이나 이마에서 잔열을 뿜어내는 대낮에
어쩌라고 더 뜨거워지고 있느냐!

드리우고 있는 그늘마저 시뻘겋게 물들어서
나무 아래 들어가서도 속 불에 탄다.

불꽃처럼 타오르며 살자는 것이겠지.
불살라 태우고 태우며 살아야 한다는 독촉이겠지.

열꽃으로 한낮의 폭염에 불을 지르고 있는
배롱나무 밑에서 나를 위한 꽃불을 지핀다.

── 가마미에서

버림을 말하면서 제대로 버리지 못한 채
갈무리만 해 대며 살았다.
고운 갯냄새에 얽혀 있는 삶의 냄새가 곯고 곯았다.
송림에서는 기이한 바람을 푸념으로 일으킨다.
살아 있다는 것을 느끼게 하기엔
역겨운 생활의 냄새만큼 정신을 차리게 하는 것이 없다.
짠물이 말라 가고 있는 갯평선에 접어들자마자
큼지막한 백합이 입을 벌린 채 나를 삼키려 든다.
가마미의 바닷물에 나를 용해시키려면
이제부터라도 깊이 품고 있어서 속을 곯겼던
이별에 관련된 미련을 놓아야겠다.
그때 그 기억, 그 애타는 말의 감정을 파도에 넘겨준다.
사랑했던 이여, 사랑을 주었던 이여
서로의 삶으로 돌아가자.
다만, 안녕이란 작별의 서두는 해안가에 남겨 두고 간다.

― 진땀이 납니다

무사한 날들이 계속되기를 바라며
살살 살고자 했습니다.
상실이 자주 마음을 건드리는
곤혹스러움을 배겨 낸다는 것은
마음이 약한 나에겐 몹쓸 짓이었습니다.
말 한마디에 의미를 담아내야 하고
손짓 발짓을 하는 데 심력을 다 쏟아부어야
상처받지 않고, 주지 않음에 익숙해져 가면서도
결과에 대한 만족감으로 보상을 받았습니다.
편하게 툭, 툭 말을 던져도
불편해지지 않는 사람은 없나 봅니다.
조심스러움이 줄어든 언행은
곧바로 무사한 시간을 파괴하고 맙니다.
지나친 관심이 잔소리로 받아들여져서
다툼이 되는 것은 순식간이 됩니다.
적당함을 지켜 가는 것의 어려움에 직면할 때마다
마음속에서도, 몸속에서도 진땀이 납니다.
살아갈수록 여전히 사람이 가장 어렵습니다.

─ 비가 온다고 울었습니다

갑자기 숨을 쉴 수가 없었습니다.

어이없이 가슴이 뭉클해졌다고 느낌이 온 순간이었습니다.

빼꼼히 열어 놓은 창문을 넘어서

나뭇잎이 일으키고 있는 바람을 타고

빗방울이 급하게 쳐들어왔습니다.

울컥거림이 먼저였는지, 살갗을 자극한 비 소식이 빨랐는지

분간할 수가 없는 상태가 되었습니다.

기필코 서로가 마주치기를 원했을 것입니다.

서늘한 물기가 기분을 차분한 온도로 맞춰 주자마자

눈가의 잔주름이 젖어 들었습니다.

비가 온다고 혼잣말을 하면서 울었습니다.

창피함은 창 너머로 밀어도 괜찮겠습니다.

운다고 남사스럽다고 걱정하고 싶지 않습니다.

눈치 보면서 비가 오지 않는 것처럼

몰려드는 감정을 주저하고 싶지 않기 때문입니다.

비명에 빠져들어야겠습니다.

까닭 모를 우울함이 오거든

다소 무리가 된다 하더라도 과감히 울겠습니다.

나에게 내가 주는 연민에 감응하는 것이 힐링이니까요.

─ 깨꽃이 피고 있습니다

대를 밀어 올린 참깨가 꽃을 피우고 있습니다.
한 번쯤 태풍이 왔다 가면
장마 전선이 서너 번 위도를 오르락거렸을 겁니다.
봄 가뭄이 언제였냐는 듯 폭우가 마른땅을 질척이게 할 즈음
폭염의 습도를 품고 깨꽃이 핀다는 것을 알고 있습니다.
꽃잎은 극한 환경을 아름답게 승화시킵니다.
땀을 흠뻑 흘리면서도 불쾌감을 이겨 내고
깨꽃의 선명함에 눈이 시원합니다.
삶의 고됨은 몸 상태를 피폐하게 만들지만
진땀이 증발한 살갗에 소금꽃이 피어나듯
고난에서 벗어나면 마음이 정화가 됩니다.
비에 흠씬 젖어 있다가 작열하는 땡빛에
꽃잎을 말리는 참꽃이 내 몸의 마디마다에서도
강인하게 피고 있음을 느낍니다.

─ 루틴 만들기

결과가 좋으려면 시작부터 좋아야 합니다.
처음이 어긋난 마지막은 온전한 형태를 이룰
아귀가 맞을 리가 없습니다.
시작하기 전 시작하는 것이 있습니다.
그것은 시작을 위한 준비이자
본래의 시작이라 하겠습니다.
생각을 집요하게 한 방향을 향하게 하고
잔 행동과 마음의 움직임까지
동일 선상에 올려놓습니다.
항상 결과가 좋을 수는 없겠지만
실패한 결말마저도 용감하게 인정할 수 있는
과정 만들기가 루틴입니다.
멀리 하늘 한 번 보기, 길게 심호흡 한 번 하기,
충만하게 머릿속을 당신으로 채우기.
피자두나무의 꽃처럼 만개한 상태를 유지하고 있는
당신이 모든 시작의 시작을 준비하는
어기면 안 될 나의 루틴입니다.

― 그리움의 힘에 먹혔습니다

쇠붙이를 끌어당기는 지남철처럼
먼 거리의 그리움을 먹었습니다.
비가 오지 않는 날이 길어지고 양간지풍이 거셌던
겨울은 아닌 그렇다고 봄도 아닌 어느 날,
나는 어느덧 생강나무에 올라와 있는
개화의 틈을 보았습니다.
씁쌀함이 머물러 있는 사월의 강릉은 항상 그랬더랍니다.
그대가 떠남을 감행한 그 시간처럼
마음이 얼어붙어서 춥기만 했더랍니다.
수직으로만 내려갔다 올라오는 기온 차에 적응하기란
혼자 남겨진 시간처럼 고역스럽습니다.
감정의 진폭이 클수록 그대에게로 향한 마음의 자기장에는
파장이 강력하게 일어나 나만이 지키고 있는
동심원 안으로 그대를 끌어오고 있습니다.
안목 해변을 출렁이게 하는 파도 앞에 서면
그리움의 힘을 나는 그토록 감당할 수가 없습니다.

─ 출근하기 싫은데 출근은 해야 하고

장마가 시작되었다고 날마다 기상캐스터가 그날의 강수 확률과 시간당 강수량을 알려 준다. 맞을 때도 있고 맞지 않을 때도 있다. 대충 분위기는 맞는다. 먹구름이 바람을 타고 하늘을 낮게 흘러가는 시간이 많아졌다. 반짝 터진 햇살이 시리도록 뜨거운 시간이 짧아지긴 했다. 그러거나 말거나 습기가 많은 대기는 불쾌지수를 끌어 올리고 열대야로 멈추어 있다. 전기료와 가스료가 인상된다고 한다. 식용윳값은 이미 오를 대로 올랐다고 생각했는데 더 올라갈 거라고 전망을 한다. 삼겹살, 양파, 수박, 무, 배추……. 가파르게 오르지 않는 것이 없다. 경유 가격이 휘발유 가격을 밟고 올라섰고 환율은 IMF와 외환 위기 이후 최대라고 한다. 장마가 끌어 올리는 것은 습도와 온도뿐만이 아니었다. 오늘이란 현실을 살아가야 하는 사람들에게 속 불을 질러 울분의 온도까지 동반 상승시키고 있었다. 이래저래 역대 최고로 뜨거운 여름이 시작되었다. 잠을 자고 일어나도 잠을 잔 것 같지가 않다. 깨작거리며 몇 숟갈 뜨는 아침 식사가 속을 더부룩하게 한다. 하고 싶은 것이 없다. 산책도 진땀이 나는 것이 귀찮아서 하기 싫다. 눈을 뜨고 일어나면 하루의 루틴처럼 하던 맨손 스트레칭마저도 못 하겠다. 더위를 먹어서 그렇다는 말이 입에 붙었다. 주섬주섬 옷을 챙겨 입다가 셔츠의 단추를 잘못 끼웠다. 순간적으로 터지는 짜증이 열불 나게 한다. 무심코 검색을 해 봤던 제주도 한 달 살기를 실행에 옮겨야겠다는 다부진 다짐을 한다. 그러려면 출근은 하기 싫지만 출근은 해야 한다. 일해야 하는 기간을 맞춰 놓아야 일탈의 휴식을 누릴 수 있는 직장인의 삶에 일단 충실해야 한다. 처진 기분에 복수라도 하듯 셔츠를 벗어 다른 셔츠를 걸치고 단추를 끼운다.

─ 꽃마리

꽃마리는 꽃보다 먼저 잎이 떨린다.
흔들리지 않고서는 한순간도 버티지 못한다.
작은 꽃의 숙명은 흔들림이다.
주름잎꽃도 봄맞이꽃도 곁에서 꽃 몸을 흔든다.
풀들의 요동이 풀밭을 가로질러
넓게 퍼져 와서 바짓단에 닿는다.
다리에 전해지는 진동이 상단전까지 이른다.
백회혈이 열린다. 내 몸의 개화다.
꽃마리가 일으킨 작은 파동이
내부 순환만 반복하던 기운의 휴면을 깨운다.
나는 봄을 풀꽃의 흔들림에서 맞이하는 편이다.

― 나무를 잘 키우는 여자

여자는 처음엔 나무의 이름도 물을 주는 주기도 알려 하지 않았다. 이름을 알려 주고 잎의 효능을 말해 주자 고개를 끄덕이는 정도까지만 했다. 그라비올라는 외로움에 익숙한 나를 15년 동안 지켜 줬다고 말해 줬다. 몬스테라는 어린 화분을 가져와 다섯 해를 함께하고 있다고 일러 줬다. 고무나무는 몇 번을 죽다 살아나면서 죽을 것 같던 고역을 버티게 해 준 동반자라고 기억시켜 줬다. 나와 연결된 의미를 이해했다는 듯 여자는 나뭇잎을 깨끗한 면포로 닦아 주기 시작하면서 관심을 가졌다. 흥얼거리며 인터넷을 검색하기도 하고 화원에 다녀오는 횟수가 늘어 갔다. 때에 맞춰 물을 주고 가지를 정리해 모양을 가꿔 가며 음지와 양지에 나무를 배치했다. 어느 화창한 날에는 뱅갈고무나무가 새로 들어왔다. 가는 비가 오는 날에 외출했다 귀가하는 팔에 호야 덩굴 화분이 따라왔고 꽃기린도 애니시다도 아래카야자도 뒤를 따라왔다. 마지막으로 구아바나무가 들어오면서 거실 화원이 완성되었다. 얼마나 더 나무 식구들이 늘어 갈지 속단할 수가 없다. 여자가 내가 지키고 있는 사랑 안으로 들어오면서부터 나에게 의미 있는 것들을 모두 사랑하기 시작한 것이라 짐작한다. 나무를 키우는 것은 내가 지나온 시간과 공간을 공유하는 것이리라. 그리고 함께라는 연결 의미를 만들어 가고 싶음이리라. 아침에 일어나면 잎을 쓰다듬으며 나무들에게 노래를 불러 주는 여자의 목청이 달콤하다. 잎들이 윤기가 난다. 제시간을 지키며 꽃을 피운다. 나무 궁전이 된 실내가 풍성하다. 무엇보다 우

선해 지켜 주어야 할 노래하는 나무가 곁에서 크고 있다는 것은 터무
니없이 탐스러운 일이다.

─ 모과나무에 꽃이 질 때면

모과나무에 꽃이 질 때에는
기다림을 애태우며 잔걸음으로 왔다가
대가를 치르듯 화려하게 꽃을 피운 4월이
큰 걸음으로 물러나고 있다는 신호입니다.
떨어져 있는 모과꽃을 주워 모아
꽃무덤을 만들며 기꺼웠던 4월을 전송합니다.
밀린 사글세를 한꺼번에 내듯
나뭇가지에 깃들었다 가는 봄이 가엽습니다.
꽃이 필 때보다 지고 나서 잎사귀가 파릇해질 때가
모과나무는 선명하게 눈에 들어옵니다.
오는 듯하더니 가고 있는 봄과
해마다 반복해도 미숙한 이별이 아쉽기 때문입니다.
그리하여 모과나무에 꽃이 질 때면
봄을 보내 주며 돌아오는 것을 잊어버린 사람과
공유해 왔던 기억들을 나무 아래에 만든
꽃무덤에 파묻습니다.

─ 새싹비

나무에 싹이 트는 모습은 봐도 봐도 경이다.
가지마다 감추고 있던 몽글거림을 한순간 밀어낸다.

축축하게 젖은 몸통이 빗물을 흠씬 빨아들이고
포용할 수 없는 나머지를 흘려 내고 나서면
낌새를 보이기만 했던 새순이 잎이 되어 있다.

4월의 봄비는 나무에게 새싹비다.
부유하는 미세먼지를 가라앉히고
나설지 말지 머뭇거림의 경계를 허물어 준다.

아그배나무 아래에서 비를 맞이하는 어깨가
묵은 껍질을 벗겨 내듯 움츠림에서 깨어난다.
나에게도 봄비는 다시 시작하라는 명령어다.

── 꽃비

꽃비에 눈이 홀린다는 너의 감탄사를
나는 제대로인 언어로 듣지 못한다.
왁자한 웃음소리에 막힌 이해 불가의 말이다.
제각기 흩어 내는 목소리가 난무한다.
선술집의 실내엔 고기 굽는 냄새에 섞여
기름기 짙은 표정들이 취기에 젖어 있다.
살았던 무용담이 숯불에 이글거리고
오늘에 치여 내일의 도래는 술잔을 뜨는 파도에 불과하다.
무작정 용감하게 해 주는 술병이 갈아 치워질 때마다
후드득, 꽃잎이 떨어진다.
너는 술보다는 꽃비에 취해 내 삶의 애증사를
듣는 둥 마는 둥 귓바퀴 뒤로 흘리고만 있다.
그래도 주섬거리며 젓가락질이나 해도 좋은
나의 하루가, 우리의 시간이 봄날이다.
살아가는 날이 날마다 지고 있는 꽃날이다.
그렇게 가벼운 농담을 흘리듯 바람의 결을 따라
오늘이 져도 괜찮으면 되겠다.
절정은 다시 져야만 절정이 온다는
너의 감탄사가 꽃이 진 자리에 열매를 단다.

─ 꽃밥

고봉으로 쌓아 올린 밥을 앞에 놓고서
수저를 들지 못하고 있습니다.
지글거리는 된장 뚝배기에서 올라오는
냄새가 배 속을 요동치게 하지만
아직은 밥상에 덤벼들 때가 아닙니다.
봄볕이 좋다고 창문을 열어 놓은 채
밖을 향해 상을 펼쳐 놓았습니다.
수양벚나무 한 그루가 멋스럽게
꽃그늘을 드리우고 있는 한낮의 풍경에서
빠져나오지 못하고 있습니다.
빈 배를 채우는 것보다 자태가 고운
꽃향기가 더 고팠나 봅니다.
밥상을 차리기 전 꽃 안주만 하게
거한 안주가 있겠냐며 주고받았던
막걸릿잔은 바닥이 드러난 지 오랩니다.
채우지 않고 있는 술잔에 바람을 불러 타고
날아든 꽃잎이 들어앉아 있습니다.
손을 타지 않은 흰 밥알 위에도
꽃잎이 덮어 내리고 있습니다.
"예뻐서 손대질 못하겠다."

수저를 들다 내려놓는 당신의 목소리가
비현실적으로 파동 쳐 들려옵니다.

― 그리움의 거리

손에 닿을 수 없거나 다가설 수 없는 거리에
있는 이를 보고 싶어 한다면 멈추기를 권고합니다.
정열을 낭비하는 마음 깎기일 수 있습니다.
멀리 있는 이는 이미 떠나간 사람일 겁니다.
연락이 닿지 않는다면 관계가 멀어진 이입니다.
서로에게 떠날 수 없는 이는 연락이 끊어지지 않습니다.
나를 최선을 다해 궁금해해 주고
내가 궁극의 정점에 그를 올려놓기 때문입니다.
마음을 만질 수 있다면
맘껏 그리워해도 상관없다는 말은 궤변입니다.
먼 거리의 마음은 가까이 와닿지 않습니다.
물리적 거리가 마음의 거리가 되어 갈 뿐입니다.
지금 나를 보고 있는 사람이
그리움의 거리를 지키고 있는 이입니다.

― 말뜻

투정을 부려 봤자 미워함에는 변함이 없을 거란
재앙 같은 말이 달콤하게 들렸습니다.
보고자 할 때마다 토라진 표정을 들이밀며
그대가 던지는 투망 같은 엄포의 언어였지만
이면의 뜻을 나는 미리 알아 버려서
다른 울림으로 받아들였습니다.
왜 이제야 온 것이냐고,
자주 마음을 보여 달라고 알아들었습니다.
볼 수 없게 된 사정이 생겨 버린 이제는
진짜 언령이 되고 말았습니다.
그때 그 강도 높음을 그대로 받아들여
실없이 웃어넘김을 그만두고 조심했어야 했습니다.
입 밖으로 나오는 모든 말은
미래에 대한 명령어가 되고 만다는 것을
믿고 싶지 않았을 겁니다.
다시 받아들여 뜻밖의 뜻으로 세우고 싶습니다.
미워하지 말라고, 밀어 내지 말라고.
내가 그대에게만 품고 있는 보고픔은
말뜻 그대로 의미가 견고하다고.

─ 애월

구름과 수평선의 구분이 모호하다.
공중을 사선으로 갈라치며 비가 내린다.
검음과 푸름의 경계가 분명하지 않은 파도가
날카롭게 바람과 어울린다.
사월을 넘고 있는 애월의 바다는
한순간도 방심할 수가 없다.
뜨거워진 모래 열이 어깨에 걸친 외투를
손으로 이동시켰다가 물기를 품은 바람이
몸 전체를 웅크리게 하기 일쑤다.
떠났다 돌아오기를 맘대로 하는 그와 닮았다.
그에게서 간헐적으로 오던 소식이 끊어진 뒤부터
현무암에 뚫려 있는 구멍들 속으로
애틋함이 지배하던 물거품을 숨겨 버렸다.
봄과 거리를 벌리고 있는 속도를 올리며
바다를 덜컹이게 하는 바람에 올라앉은 애월에서는
후박나무 가지처럼 흔들려야 당연하다.

─ 꽂히다

5월은 꽂히는 시간이다.
오랫동안 소식을 알지 못하며 살아야 했던
후회를 언급하는 이들에게 아지랑이처럼 꽂힌다.
눈을 뜨기 바쁘게 피고 지기를 변함없는 이팝나무에게서
눈을 밝힐 일상을 차입하며 꽂힌다.
잃고 나서 간절해진 그리움이 장미나무 가시처럼 날카롭다.
어디선가 오고 있을 호의를 품은 이가 산딸나무를 화사하게 일깨운다.
5월에는 녹음이 깊어진 잎 사이에 작약꽃이 절정으로 꽂히듯
최선을 다해 나에게 주어진 시간에 꽂혀야겠다.

― 너에게 스며든다

좋은 날씨, 좋은 기분이 아니면 어떤가.
져 가면서 최선을 다해 향기를 퍼뜨리는
아카시아 꽃잎이 수북이 길 위에 쌓인다.
할 수 있음을 다하고 있을 때가 조건에 상관없이
가장 좋은 기회에 닿는다.
청명하다가 갑자기 흐려지는 저녁녘에
터벅 걸음으로 찾아가더라도 전해지는 쓸쓸함이
허접하지 않다는 것으로 받아 주면 좋겠다.
기회를 엿보기만 하다 가지 못한다면 불행한 일이다.
다리가 불편하더라도 갈 마음이 일어나면 갈게.
마음이 심란해질수록 그리움은 능동적이 된다.
기분이 처지면 처지는 대로, 날씨가 변덕스러우면
변덕에 좌우되면서 너에게 스며들어 가고 있는
무모함을 사랑이라고 믿게 된 지 오래다.
공기가 무거워져 지면을 향해 깔리는 해 질 녘이면
깊숙이 콧속으로 파고드는 아카시아 향기처럼
너에게 나도 스며들고 싶다.

─ 너에게 물든다

아직 오고 있다고 믿고 있습니다.
머리끝이 보이진 않지만
다가오고 있는 기운이 느껴집니다.
발끝의 방향이 어디를 가리키고 있는지
알아챌 수가 없지만
너와 나의 거리에 있는 공기의 압력이
조금씩 높아지고 있습니다.
얼마나 많은 시간이 필요한가는 중요하지 않습니다.
마음이 향해 있다면 닿게 된다는 것,
끊이질 않고 전해지고 있는 이음의 운명이
양귀비꽃 길 사이를 지나서,
5월이 마음먹고 늘어놓은 작약꽃밭을 누비며
나에게 이어지고 있음을 알고 있습니다.
불란서 국화가 발산하고 있는 향기보다 진한 밀도로
이미 너에게 물들어 있습니다.

─ 뒤돌아 서 있는 나에게

지나감을 돌이켜 내지 않으려 애쓰지만
한순간마저도 외면하지 못하고 있다.
앞을 보고 있으면서도 뒤로 돌아서 있는 듯하다.
그만큼 애틋하고 고된 시간이었을 것이다.
오늘은 오는 듯 마는 듯하더니 새벽만 요란하게
한차례 흔들다 여명에 밀려 버린 빗소리에 일어나
서늘한 등 뒤의 어둠을 양팔로 보듬어 안았다.
미래를 살기 위해 감춰 둔 아픔들이
스멀스멀 척수에 스며들어 왔다.
잊겠다고 멀리했던 그리움이 어깨 위에 앉아서
목 결림을 심각한 수준으로 소환하는 것이었다.
살아온 시간 전부를 후회하고 싶지는 않다.
그때나 지금이나 최선을 다하고 있음을
아무나 믿어 주진 않을지라도 나만은 인정해야 한다.
팔을 교차해 닿을 수 있는 어깻죽지를 토닥여 준다.
돌아볼 수 있는 시간도 거기까지면 좋겠다.

─ 사평에서

낮은 산을 따라 시냇물이 옹송그리며 모여 있는
집들을 둘러맨 채 흐르고 있었다.
보릿대를 흔드는 바람이 작약꽃에 닿을 때쯤
물가에서는 왜가리 한 마리가 물짐승의 시간과 대치 중이었다.
둔동마을 숲정이에서 임대정원림까지 느린 걸음에
녹음을 키우고 있는 바람이 따라왔다.
노쇠해 가는 탄광을 향해서도 들판을 가로지른 바람이
낮게 어울려 가고 있었다.
느긋한 풍경이 나에게 게으른 여행자를 자처하게 만들었다.
개울을 건너고 논두렁에 핀 자운영꽃을 뜯으며
코뚜레도 없이 방목이 된 소처럼
느슨하게 나를 풀어놓아도 좋겠다는 생각을 했다.
산과 들과 냇물이 버무려 낸 사평의 한가로움 속에
한 점으로 동화되어 있고 싶어지는 것이었다.

─ 안부

너에게는 매일 궁금함이 궁핍해지지 않는다.
잘 있다면 잘 있는 상태가 궁금하다.
일이 없다 해도 편한가, 무료한가 궁금하다.
아프지 않기를 날마다 묻는다.
마음에 스크래치가 생기지 않아야 한다고
몸속에 이상증이 일어나지 말아야 한다고
나에게 다짐하듯 너에게 당부한다.
너의 안부가 나의 안부가 되기 때문이다.
나에게 일상을 관통하는 안부란
너에게 생의 스케줄을 맞춰 가는 것이다.

─ 오얏꽃 편지

어딘가에 있겠다는 말은 하지 마세요.
모호함에 주눅이 들어 찾아 나섬이 망설여지고 말 거예요.
어디에 있겠다고 있을 곳을 확인해 주세요.

어떨 때에 보고 싶을 거라는 조건은 싫어요.
언제라도 보고자 하는 마음이 일어나면 갈 수 있도록
앞을 열어 놓아 주세요.

어둠이 깊기만 한 밤에 어설픈 잠 짓을 하다가도,
한낮의 봄빛이 찬란한 꽃멍에 빠져 있다가도
생각이 나면 모두를 젖혀 놓고 달려갈게요.

어디라도, 어떤 때라도 그대를 향해 있는
그리움의 허기가 채워지지 않아요.

― 조금 다른 약속

울지 않겠다는 약속은 하지 않았습니다.
눈물이란 족속은 여과시킬 수 없는 것이어서
짜고 달고를 선택하지 못하겠습니다.
떠나보냄을 아파할 때도 울고
만발한 살구꽃의 이쁨을 대하면서도 주책없어지고
보기 드문 그리움에 빠져들 때에 새어 나오는 눈물은
울음소리까지 참아 내기 어렵습니다.
차라리 자주 눈을 감도록 하렵니다.
손으로 감정이 만져지는 날에는
가슴을 열어 놓고 속으로 울어 보겠습니다.
한번 가면 돌아옴을 잊어버린 것처럼
색다른 단상들이 어지럽게 떠돌아
머릿속이 깜깜해지는 순간에는
울지 않고 슬픔을 겪어 내지 못하겠습니다.
이유가 생길 때마다 참기 위해 안간힘을 쓰기보다는
매운맛, 신맛 가리지 않고 울겠다고
단단히 선언하는 것이 좋겠습니다.

2장

소심해서
잘 살아요

─ 문득 깨어나는 감정에 어리숙해지고 말았다

문득 가슴을 자극하며 일어나는 감정에
솔직해져도 상관없어질 때가 있다.

좋아함이면 어떻고, 미워함이면 어쩔 건가.
망설임이 있었다가 무기력과 혼동이 되었다.
어수선함에 혼란스럽다가 정신을 차려 보니 단정해지기도 했다.
어디에 있거나, 언제에 있더라도 나에게 정직해지자고
눈물이 찔끔거리는 감흥에 혼쭐이 나고 있다.

문득이란 기껏해야 한순간 정신을 놓쳤다는
자조 섞인 단어일 뿐일 텐데
삶을 관통하는 총괄어가 되기도 한다.

지나갈 듯 지나가지 않는 간밤에는
여러 잔 소주를 마시고 왁자지껄 정신없이 떠들어 대는
사람들의 주정을 감당하며 자리를 지키고 있어야 했다.
삶을 통찰하는 진지한 문제들이 오가다 길을 잃기도 하고
가볍게 밀어 냈던 문제가 심각한 문제가 되어 다시 돌아오기도 했다.
오늘을 그리 버텨 내고 싶은 발버둥들이었다.

오늘을 오늘로 받아들이지 못하며
살아왔다는 후회를 술기운을 빌려 해야 했다.
그래서 살아가는 모양이 갖추어지길 원하는
대칭 꼴이 아니라 반듯하지 못한 비대칭 꼴이다.

그렇다고 할지라도 덜 영악하게, 좀 허술하게 사는 맛이
괜찮다는 감정이 문득 깨어나서 어리숙해지고 말았다.
빈틈이 많은 나를 그냥 방치해 주고 싶어졌다.
그게 나니까.

─ 지침에 대하여

지칠 땐 지쳤다고 말할수록 위로가 된다.
힘듦을 숨길 수 없는 표정의 얼굴을
이미 노출시켜 보여 주고 있을 것이다.
구릿거리는 냄새가 맛을 내는 조기 젓갈처럼
소금을 품고 삭을수록 만들어 내는
인고의 맛이 감칠 나는 법이다.
고됨을 버무린 시간을 품고 녹초가 되어야
진한 삶이 절경이 되는 것이다.
파김치처럼 숨이 죽으면서 익을수록
분주함이 발효된 맛에 젓가락질이 잦아진다.
숨이 가빠지도록 뛰지 않고 고른 호흡을 유지한 채
만만하게 살아갈 수 있는 세상이 아니다.
지침은 잘 살고 있다는 훈장이다.
여전히 소비가 계속되는 생의 통장에
잔고가 줄어들지 않게 만드는 지침이다.

─ 소심해서 잘 살아요

망설임이 많은 사람이라고 평가를 받습니다.
남자답지 않다고 핀잔을 자주 듣습니다.
할 거면 빨리하고 말 거면 바로
안 할 거라고 대답을 하라 합니다.
이런 내가 나다운 것을 어찌합니까.
몇 번을 반복해 생각해야 결정을 내릴 수 있습니다.
아무리 고심해도 이럴지, 저러는 것이 좋은지
판단을 내리지 못하기를 자주 합니다.
소심해서 그렇습니다.
있을지 모를 부작용을 일부러 만들어 내기도 합니다.
가려다가도 미심쩍은 부분이 있으면
방향을 돌려 제자리로 옵니다.
돌다리는 건너기 전에 두드려 봐도
깨지지 않는다는 걸 알고 있습니다.
물이 넘칠 기미가 있는지 살피고
돌이끼에 발이 미끄러질 염려가 없는지
자세히 봐야 직성이 풀립니다.
자세를 낮추고 조심하는 것입니다.
주저함이 많아야 실수하지 않습니다.
허점을 줄여 가는 것이 소심함의 장점입니다.

시원시원하지 못하고 답답하게 해서 죄송하지만
역설적이게도 소심해서 지금까지 잘 살고 있습니다.

— 칼국수 해장

뜨거운 김이 올라오는 칼국수 국물을
보약이나 되는 듯이 마시면서 속은 시원합니다.
이마에 맺힌 땀을 닦아 내면서도 속을 달래 주는
칼칼한 국물의 뜨거움을 포기할 수가 없습니다.
얼얼하게 취기가 돌도록 전날 마신 소주 기운이
속도를 내며 몸 밖으로 빠져나가는 듯합니다.
어젯밤에는 열어 놓은 창으로 들어오는 바람에
소름이 돋아 얇은 홑이불을 걷어 내고
두께가 있는 모포를 덮어야 했습니다.
어제의 내가 오늘의 나와 조금은 달라지고 있는 것처럼
오늘의 바람은 어제의 바람과 또 달라질 것입니다.
같을 것 같지만 시간의 흐름을 타고 있는 모든 것은
알아채지 못할 변화를 일으키고 있습니다.
체외로 술기운을 밀어 내며 뜨끈한 국물이
변신의 술법에 걸린 것처럼
일상에 지쳐 있던 마음을 해장해 줍니다.

― 밤의 길목에서

한풀 꺾인 더위를 배웅하며 어두워지고 있는
밤의 길목을 지켜 선다.
초강력으로 힘을 키운 태풍이 가을의 초입을
점령군처럼 밀고 올라오고 있다는 소식이
오늘 하루 동안 느슨해지고 있던 생활의 태도를 긴장시켰다.
고된 날을 살아 내다 보면 좋을 날이 오겠지.
밤하늘에 걸린 초승달이 보름달로 부풀어 가듯이
쪼들려 살아야 하는 삶의 길목에도
달무리 같은 위로가 찾아 줄 거라 기대를 부풀린다.
문득 밀려오는 서늘함에 주눅 들어가고 있음을 느끼면서
외롭다고 징징대지 말자고 두 팔을 교차해
가슴을 안고서 다독여 준다.
어둠의 기운을 흡수한 풀벌레의 울음소리가
잔잔하게 밤을 깊은 곳으로 인도한다.
밤만이 일으킬 수 있는 어둠의 기운으로부터
전달받은 위안을 나에게 선물하며 지그시 눈을 감는다.

― 잇다

아직은 푸른빛을 유지하고 있는 나뭇잎이
서늘해지는 바람을 실핏줄처럼 뻗고 있는 잎맥으로
고스란히 받아 내고 있습니다.
가을이 선뜻 다가온다고 성급하게
나무를 이탈하지 않으려는 노력으로 보입니다.

바람이 품은 냉기는 시간 따라 강도를 더해 갈 것입니다.
나뭇잎은 계절의 변화에 대항하기 위해
자신을 지키는 것이 아니라 나무가 필요한
생존의 준비를 위한 말미를 이어 주려
안간힘을 다해 버티는 것입니다.

사이와 사이, 틈과 틈의 간격을 잇기 위해서는
푸른빛을 지키려는 나뭇잎 같은 간절함이 있어야 합니다.
단절의 선택은 쉬울 수 있지만
고립을 받아들이는 것이 됩니다.

그대를 품고 있는 나의 시간을 단단히 지키기 위해
가진 전부의 마음을 발산하며 오늘을 내일로 잇고 있습니다.

─ 눈 내리는 날의 참회

눈발이 햇살처럼 빛을 내며 날립니다.
아직 아무도 걸어가지 않은 숫눈의 길을 걸으며
입김으로 축축해진 마스크를 벗고
뜨거워진 콧잔등에 내려앉아 수화(水化)되는 순간의
눈송이의 간지럽힘을 느껴 봅니다.
바라는 바가 많은 시간만 살아왔나 봅니다.
조금의 불편이 생기면 더 많은 편안을 얻어 내려 했습니다.
부족을 채우지 못하면 빼앗김을 당했다고 분해했을 겁니다.
땅에 내려서 쌓일지라도 남아 있기를 고집하지 않고
바람과 햇빛에 자리를 내주는 눈의 운명이 경건하게 보입니다.
녹아 스며드는 눈 내림을 콧김으로 느끼면서
움켜쥐고 있던 주먹을 풀고 뒤돌아서서
반성하지 않는 삶처럼 불규칙하게 찍혀 있는 발자국에
참회의 기별을 전하듯 일일이 눈을 맞추며 합장을 합니다.

─ 발자국 밟기

삶은 누군가의 발자국을 따라 걷는 것입니다.
지상의 길에는 수많은 발이 흔적을 남기며
어딘가를 향해 오고 감을 이어 가고 있습니다.
먼저 걸어간 사람이 남긴 자국을 살피며
지금 내가 가고 있는 길을 다시 누군가가
따라 걷게 될 것이란 것을 압니다.
보이거나 보이지 않거나 이미 새겨진 발자국은 이정표입니다.
완전히 새로운 길은 없을지도 모르겠습니다.
가거나 오거나 길 위에 누적된 경험치를 본받으며
삶은 밀물처럼 몰려오기도 하고
썰물처럼 밀려나기도 할 것입니다.
오랜 시간을 단련한 발바닥의 근육이
거친 길에 남기는 것은 살아감의 의지입니다.
오늘 앞에 있는 길을 걸어 내야 믿음으로 가고자 하는
새로워진 길을 걸을 수 있습니다.
멈추지 않기를 채근하는 듯 망설임 없이 뻗어 간
앞선 발자국을 두려움을 벗겨 내고 밟습니다.

─ 비하

 그럴 거다. 하늘은 정의의 편을 일방적으로 들지 않는다. 하늘은 그
냥 그곳에 있는 부동시일 뿐이다. 좌우 균형이 맞지 않음이 당연한 비
뚤어진 눈을 가지고 있다. 기울어져 있거나 흐리거나 간혹 맑다. 믿음
에서 철수하기를 일삼고 부당을 눈 찔끔거리며 가리고 정당하지 않은
해석이 언제든 왜곡되게 새겨질 수 있다는 것을 간과한다. 진실을 가
리고 있다. 언젠가는 맑음을 항상 드러내 줄 거라는 기대는 사실 막연
한 억측이다. 공적이나 사적이나 거짓을 품고 있다. 하늘을 향해 부끄
럼이 없다는 헛소리를 당당하게 들리도록 이용하기에 딱 좋은 가짜다.
정당하다고 우기는 편에 선다. 하늘에는 마음이 없기 때문이다. 희망
을 빗대어 말하지 말라. 하늘은 받아 줄 여력도 이유도 가지고 있지 않
다. 쓰면 쓴 대로 가리면 가리는 대로 묵인하는 비겁함이 본래 기질이
다. 정의롭고 약한 자여, 그대를 위한 하늘은 존재하지 않는다. 만들고
부수고 가림의 하늘은 스스로 깨어나야 한다. 무지한 것이 하늘이다.
더럽힘을 당하길 주저하지 않는 것이 하늘이다. 믿지 말라. 의지 말라.
추악의 근원이 하늘이다. 만악의 기본이 하늘이다. 양심을 지켜 주는
하늘은 오직 양심스러움을 지키고 있는 이의 마음에 있을 따름이다.

― 섬진강의 봄

길게 드리운 꽃 그림자를 안고 물살이 잔잔하다.
꽃산이 몸통째로 누워 있는 듯 수심이 깊어 보인다.
섬진강에서도 꽃의 흐름이 시작한 곳에서부터 봄이 출발한다.
매년 3월 중순이면 매화 꽃잎을 강물에 흘려보내며
제일 먼저 너에게 다압에서 봄소식을 보낸다.

― 계절 멀미

봄 마중을 떠나고 있는 행렬을 따라 남쪽으로 출발을 했지요.
무얼 볼까, 뭘 할까, 어디를 갈까 정하지는 않았답니다.
계절이 바뀌는 순간에 그냥 있을 수 있기를 바랐다지요.
차들이 몰리는 곳을 향해 방향을 잡았다오.
무작정 추종의 대상이 없이, 목적지 없이 따라가도록
봄은 넋을 놓게 만들었다네요.
아련하게 꽃냄새가 나는 쪽을 큼큼거리면서,
눈 시린 하늘색을 흔드는 대나무 숲에 부는 바람에게 부탁해
한동안 보지 않았던 인연들을 위해 기별이라도
몇 자 보내고 싶어져 물컹거리면서 봄의 손을 잡아 보고 싶었어요.
곡성의 기차마을을 지나고
구례 사성암을 멀리 끼고 지나쳤지요.
순천으로, 광양으로 어느새 하동 가까이까지 이르러
섬진강을 가로지르는 다리를 건널 때,
새파랗게 흐르는 강물을 타고 떠내려오는
봄을 영접하다가 울렁울렁 멀미가 났답니다.
유혹을 뿌리칠 수 없는 봄바람이 들고 말았네요.

— 잠깐만요, 짬 좀 낼게요

소매 깃이 내려왔어요.
잠깐만요.
어깨가 처지고 있어요.
보고 있는 거죠.
짬을 낼 수가 없었어요.
나를 위로해 줄 틈을 못 냈고요.
날마다 쌓이는 민감한 소식들을
멀리 둘 마음의 여백이 없었어요.
헐거워진 소매 옷을 벗고 싶어요.
어깨가 죽은 외투를 갈아입을래요.
마음 정화도 중요하지만
외모가 지저분하면 쪽팔리니까요.
다듬어 나를 챙겨 볼 짬이 필요해요.
엉킨 머리카락을 곧게 풀고
입술에 일어난 각질을 다듬어야겠어요.
콧등에 난 부스럼을 짜내고
인중에 자리 잡은 채 떨어질 줄 모르는
깊은 주름에 보톡스라도 놔 줘야겠어요.
못나게 보이는 것은 싫어요.
속보다 겉을 먼저 꾸밀래요.

수월하고 판이하게 보이고 싶어요.

정말이에요.

잠시만 시간을 낼게요.

─ 별꽃에게

몸체가 작아서 잘 보이지 않는다고
숨어 있다는 단정은 너에게 전혀 맞지 않아.
무리를 지은 하얀 별들이
수풀 사이에서 은하수처럼 빛나고 있어서
지상의 은하계를 완성시키고 있잖아.
순백의 꽃잎을 수줍어하지 마.
네가 있고 싶은 곳에 피고 또 피어서
있으면 되는 거야.

— 동백 산문에 들다

비가 멈춘 백련사 동백 숲은
물기가 마르지 않은 꽃을 바닷물이 빠져나가
갯벌이 육지와 연결한 가우도를 향해
통째로 떨어뜨리고 있었다.
산을 넘지 못한 채 해탈문에 걸린 먹구름이
대웅보전을 지키는 배롱나무와 평행을 이룰 때쯤
동백 숲에는 수직으로 내려오다 구름에 막힌 햇살에
잘게 잘린 무지개가 으깨어지고 있었다.
서로의 거리가 좁아 어깨가 결리는 동백나무들이
강진만을 향해 잎 무늬를 뻗쳐 내는 사이를 걸어서
나는 해풍에 가슴을 말리며
붉은 산당화를 깨워야 했다.
합장한 손 위로 눈을 감은 고개를 올리며
동백 산문에 들어설 때
등 뒤로 봄기운이 따라 들어왔다.

─ 추억하지 말아요

　추억이 과연 아름다운 기억인가? 지극히 개인적인 경험으로 답을 한다면 별로라고 하겠다. 지나간 시간과 장소 그리고 사람은 지나간 대로 두어야 한다. 되새겨 좋을 수도 있겠지만 아쉽거나 현재의 기분을 망치는 것이 더 많다. 그때 왜 그래야 했을까. 지금이라면 이렇게 했을 텐데. 혹은 떠올리는 순간 되살아나는 불쾌감으로 엉망이 되기도 한다. 사랑하던 사람들과의 이별은 어떤 시간 속에 있어도 생각이 나면 아프다. 실패한 기억들은 허탈하다. 성공한 기억은 만족감을 줄 수 있으나 더 잘할 수 있었을 텐데 싶어 안타깝다. 만족하지 못하는 것이 사람이다. 몸이 아팠거나 마음이 슬펐던 시간으로는 다시 돌아가고 싶지 않다. 아름다웠다면 그대로 저장해 두는 것이 좋다. 대부분의 추억은 후회다. 지금을 비추는 거울이 되어서는 안 된다. 추억하지 말자. 좋았던 사람도 지금 같이하지 않을 사이라면 거부감이 든다. 미움이 남은 사람이라면 더 말해 좋을 것이 없다. 추억은 내가 살아온 시간이지만 다시 살 시간이 아니다. 내가 나인 시간은 지금이다.

― 눈물이 뜨거운 이유

더러 예기치 않은 눈물에 시달리기도 한다.

예정되었다거나 그럴 수 있다는 위안은

값지게 다가오지 않는다.

그럴 때면 그렇게 됐다는 막연함으로 받아들이곤 한다.

체념이라 표현을 하고 싶지는 않다.

불현듯 눈물이 나는 이유가 있을 것이다.

맺혔던 서러움을 무의식에 방치해 놓았을 것이다.

세심하게 감정을 어르지 않았음이 틀림없다.

괜찮음이 될 것이고 곧이어 자취를 감추리라 무시했던 기억이

존재감을 확인코자 모습을 드러내었다면

그만한 까닭이 지금의 감흥과 연결이 되고 말았으리라.

우연히 눈물이 나지는 않는다.

과거로부터 현재로 나를 연결시키고 싶었음이라 믿는다.

눈물이 뜨겁다. 기억을 가볍게 여기지 않고 있다는 증거다.

─ 이기지 않고 이기다

어떤 싸움은 원하지 않아도 해야 한다. 어떤 싸움은 모든 힘을 다해 덤벼들어야 한다. 사는 동안 사는 것 자체가 싸움이다. 나와의 싸움, 너와의 싸움 그리고 우리와의 싸움. 대상은 항상 다르기도 하지만 같을 수도 있다. 시간과의 싸움, 공간과의 싸움, 환경과의 싸움. 생명이 있는 것과 없는 것의 구별이 의미 없다. 이기고 지는 것이 반복된다. 모든 싸움에서 이길 수는 없다. 모든 싸움에서 물러나는 것도 아니다. 앙금이 남는 싸움도 있고 깨끗하게 결과에 승복하는 싸움도 있다. 오래도록 지속해야 하는 싸움이 있는가 하면 단 한 방으로 끝이 나는 싸움이 있다. 말로 시작해서 말로 끝나기도 한다. 물리적 힘이 동원되어야만 끝에 이르기도 한다. 나만의 싸움에서 멈추지 않고 다른 싸움에 개입되기도 한다. 명분을 위한 싸움, 이득을 위한 싸움, 싸우기 위한 싸움. 결말이 없이 반복되거나 끝에 도달하지 못하고 계속해야 하는 싸움도 있다. 모든 싸움에는 기술이 필요하다. 말 기술, 몸 기술, 심리적 기술. 기술은 승패를 좌우하는 가장 확실한 비교 우위의 수단이다. 하나의 싸움을 통해서 다음의 싸움을 이어 갈 기술을 연마하는 것이 경험이다. 경험은 기술의 바탕이다. 이기거나 지는 것보다 참여 자체가 의미 있는 싸움이 있다. 이런 싸움은 싸움에 임하는 자세가 중요하다. 유불리를 따르지 않아야 하므로 개입의 완급이 필요하다. 싸움의 현장을 지키고 있는 것이 싸움이다.

싸움을 좋아하지 않든지, 호전적이든지 상관이 없다. 싸움을 중단하지 못하고 산다. 삶이 싸움이다. 내가 그만둔다고 종료되지 않는다. 싸움이 끝나면 생도 종결이다. 싸워야 살아갈 수 있다. 싸움은 숨을 쉬는 것과 같다. 그래서 싸움으로부터 상처받고 싶지 않다. 상처를 남겨 주기도 원하지 않는다. 이기지 않고 이기고 싶다. 지지 않고 지고 싶다.

싸움의 그물에 포획된 채 관계를 맺고 있는 이들에게 원망을 남기지 않는 것,
악착같이 내 것과 남의 것을 구분하려 하지 않는 것,
승부를 떠나 내 삶의 플레이에 집중하는 것,
싸움은 당당하게 임하고 결과는 담담하게 받아들이는 것,
이기지 않고 이기는 싸움의 기술을 연마 중이다.

── 가족의 구성

새 식구를 맞아들인 지 몇 달이 지났다. 작고 여린 생명체를 두려움과 기대감이 혼전하는 상태로 현관문 안으로 안고 들어왔다. 두리번거리지도 못한 채 바들바들 떨고 있는 모습이 안쓰러웠다. 낯선 첫 환경이 얼마나 무서웠을까. 담요를 깔아 주고 물과 밥을 주어도 벽과 벽이 만나는 모서리에서 꼼짝하지 못했다. 불안하게 떨리는 눈동자가 검게 젖어 있었다. 웅크린 상태로 경계심을 놓지 못했다. 창밖에 하염없이 함박눈이 내리는 2월의 어느 날이었다.

시간은 느리지만 지나고 나면 빠르다고 느껴진다. 시간의 이중성이다. 댕댕이의 하루는 사람의 칠 일과 같다고 한다. 가족이 된 지 3개월이 조금 더 지났다. 새끼 댕댕이가 성견이 되었다. 500그램의 몸무게는 이제 2.2킬로가 되었다. 잘 먹고 잘 싸고 잘 놀 수 있도록 정성과 사랑을 쏟아 준 만큼 기대에 맞춰 성장을 했다. 갓난아이를 키우듯 조심스러운 시간이었다. 탈 없이 성격 좋게 커 줘서 고맙다. 사람이나 반려동물이나 식물이나 어림을 건강하게 성장시키는 것은 깊은 관심과 사랑스러운 손길이다.

밥은 잘 먹고 있는지, 잠은 잘 자는지 항상 마음이 쓰이면 가족이다. 어디서 무얼 하고 있는지 걱정이 되고 아프지 않은지 신경이 쓰이면 가족이다. 맛있는 것을 먹을 때면 생각이 나고 멋진 곳에 있을 때면 같이 있으면 좋겠다는 마음이 드는 것이 가족이다. 가족에게는 마음을 다할수록 더 하고 싶다. 하물며 한 집에서 일상의 공간을 공유하는 사이라면 두말할 이유가 없는 가족 중 으뜸의 구성원이 아니겠는가. 눈높이를 맞추면서 장난감 놀이를 하면서 산책을 하면서 가족의 소중함을 새록새록 새긴다.

― 좋은 사람이면 좋겠다

말수가 없어도 상관없겠다.
인상이 나쁘다고 속도 나쁘다고 단정하기 싫다.
웃음이 없다고 흠이 될 리 없다.
나에게는 그늘이 되어 주고 있다면 좋다.
불편한 말을 들어 주고
주린 생각들을 펴 주는
그런 좋은 사람이면 좋겠다.
어디를 가든 환하게 떠오르고
생각해 낼수록 의지가 되는
편한 관계에 동의하는 사람이면 좋겠다.
말이 많아도 싫증이 안 날 수 있다.
실없는 웃음소리가 시끄러워도 괜찮다.
나에게는 좋은 사람이면 된다.

― H에게

오늘은 내가 너를 위해 울어 줄게.

내일은 나를 위해 네가 밤을 새워 주라.

햇살이 좋은 날이면 어떨까.

우박이 터진 하늘을 보는 것도 괜찮지 않을까.

5월에도 이변은 예기치 않은 순간에 찾아들 테지.

받아들여야 한다면 거부하지 말고 수긍해야지.

울고 싶으면 연락을 남겨 줘.

텔레파시가 통하듯 전해지면 함께 울게.

말로 하는 위로는 자의적일 뿐이야.

눈물은 눈물로, 악다구니에는 괴성으로

높이를 맞춰 주어야 격이 어울리지.

내일은 너를 위해 울게.

너는 오늘의 나만을 위해 눈물을 떨구어 주라.

내가 사랑하는 세계는 너를 품고 있는

공간이 열려 있으면 그만이다.

— 꽃다발을 묶으며

너에게 줄 수 있는 마음을 모아다가
한 묶음으로 묶는다.

예쁨과 향기로움을 끌어내서
다발을 지으며 가짐의 일부를 나누는 것보다
전부를 주고 싶은 것이다.

분홍의 장미 한 송이가 품고 있을 마음과
별같이 반짝이는 안개꽃 무리가
온통 발산하고 있는 마음이

너에게 주고 있는 내 마음과
별반 다르지 않음을 엮는다.

── 산수국처럼

눈이 편한 날이 그다지 많지 않습니다. 시력이 나빠져서 그렇다는 것이 아닙니다. 보지 않고 싶은 것을 봐야 하고 보지 말아야 할 것이 보이기 때문입니다. 신경이 거슬리는 것들에 둘러싸이는 것은 괴로움입니다. 귀가 맑은 날이 줄어들어 가고 있습니다. 거친 소리들이 귓바퀴에 눌러앉아 떨어지지 않기를 주저하지 않습니다. 들리지 않기를 바라는 소식은 예상치 못하게 빠릅니다. 듣고 싶은 말은 세심히 귀를 기울여도 잘 들리지 않습니다. 눈과 귀가 즐거워야 세상이 아름답습니다. 상상 속에서만 볼 수 있는 꽃이 아름답지만은 않습니다. 환청에서나 들리는 고운 소리가 항상 달갑지만은 않습니다. 바라볼 수 있을 때 꽃은 아름답습니다. 상쾌하게 고막을 울려 주는 소리가 정신을 맑게 합니다.

그대가 있어 다행입니다. 산수국의 헛꽃처럼 해로움을 끼치는 것들로부터 눈을 가려 주고 귀를 막아 줍니다. 보고 싶을 때 볼 수 있어서 나긋한 목소리로 곁을 지켜 주어서 행운입니다. 헛꽃을 두른 산수국이 나비를 유혹하고 있는 산길에서 한 걸음 앞서가는 그대의 뒤태를 팔랑이며 따라 걷습니다.

지구 사람이 사용하는 화성 언어

나는 지금을 명쾌하게 살아가고 싶다.

호소력이 깊은 지금의 언어를 쓰고 듣기를 원한다.

같은 시간을 살아가는 사람인데

초월한 시간을 사는 사람들이 많다.

무엇을 말하려 하는지 알아들을 수가 없다.

평범한 단어를 조합해 입 밖으로 내놓는데

암시하고 있는 뜻을 파고들어야 한다.

그럼에도 불구하고 이해력이 따라 주지 않아 난감하다.

지구에서 사는 사람이 화성의 언어를 사용하고 있는 것이 분명하다.

미지의 시대를 앞서 살아가는 것일지도 모르겠다.

한 치의 시간만 앞서가 줬으면 좋겠다.

너무 먼 미래의 세계로 인도하려는 언동은 이해 불가다.

앞뒤 정황 없이 던져지는 단문의 선언들,

들어 주려는 강력한 의지를 가진 사람들에게만

쉽게 받아들여지는 효용 가치가 제한된 메시지들.

지금 들어 주고 싶은 언어는

지구 사람이면 누구나 이해가 되는 말이다.

우주선에 태워 보내야 할 만큼 지구인의 언어가

복잡하지 않았으면 좋겠다.

─ 섬에서 속도 조절을 배우다

앞서 나가려는 마음에 자물쇠를 걸어 두어야겠습니다.

하고 싶다는 생각이 일어나면 사정을 고려하지 않고

무작정 서두르며 살아왔습니다.

되겠지 하는 무조건이 불러오는 믿음의 오류가 싫지 않았습니다.

머물러만 있는 정지의 시간 소모가 두려웠을 겁니다.

그러나 생각했던 만큼 이뤄지는 일은 별로 없었습니다.

만만한 것은 어디에도 없었다는 생의 일정한 법칙에서

비켜서지 못했다는 것을 담담하게 고백해야겠습니다.

급하지 않게 시간과 타협을 하며 살겠다는 다짐을 합니다.

물비늘의 호위를 받으며 섬과 섬들이 밀물에 잠겨 있습니다.

안좌도와 반월도 사이에서 여유로운 흔들림을 즐기고 있는

조각배를 부러워하면서 바닷가를 서성였습니다.

때가 되어야 들어오고 나감을 지키며 시간을 소환하는 물결처럼

순순히 속도 조절을 해야겠습니다.

― 용서하는 용기

용서하는 마음을 가진 것으로는
용서가 이뤄지지 않습니다.
용서를 하고자 하는 사람과
용서를 받아들이는 사람의 마음이
같은 자세에 있어야 합니다.
용서를 하기 위해서는 용기가 필요합니다.
먼저 다가가야 하고 손을 내밀어야 합니다.
마음이 준비가 된 것만으로는 용서가 성공되지 않습니다.
해마다 십이월의 끝에 다다르면 품고 있던
미움과 오해들을 풀어내고 싶어집니다.
1월 1일의 새 마음에 흠을 이어 주기
꺼림칙하기 때문입니다.
뜨거운 김이 올라오는 찌개 국물에 주고받은 이슬 병이
식탁 모서리 한쪽에 줄을 섰습니다.
은근하게 올라오는 기분에 마취가 되어
용서받고 싶은 사람과 용서할 이름들을 불러냈습니다.
늦었지만 미안하다고 미안해했으면 좋겠다고
진동마저도 없는 전화기를 들고 중얼거렸습니다.
전화를 받거나 받지 않거나 상관이 없어졌습니다.
용서하는 용기를 낸 나를 대견해했습니다.

── 마음에 짐이 되는 조언

꺼려지는 상태에 있다면 하지 않는 것이 이롭다. 무엇인가를 한다는 것은 준비해야 할 기본이 다져진 뒤의 일이다. 한다는 준비 중 가장 우선이 되어야 하는 것이 마음이다. 상황 조건이든지, 물적 조건이든지 갖춰졌다고 하여도 결국 마음이 홀연히 움직이지 않는다면 아무것도 준비가 되어 있지 않은 것과 같다.

싫은 일은 아예 처음부터 하지 않는 것이 좋다. 마음이 준비될 리가 없기 때문이다. 실행의 이득이 아무리 크다고 하더라도 하기가 싫다면 성공할 확률은 없는 것과도 같다. 무엇보다도 싫음을 실행한다는 것은 마음에 불만이 누적될 일이다. 마음이 불편하다면 성과가 나더라도 행복해지지 않는다.

사람과 사람의 관계에서 신세를 지지 않아야 한다. 신세를 진다는 것은 좋은 삶을 살아갈 수 있는 전제 조건에서 벗어난다는 것과 같다. 호의에서 받아들였다고 하더라도 마음에 짐을 지울 수는 없다. 언젠가는 갚아야 하는 빚이 된다. 빚이 있는 삶이 즐거울 리는 없다. 사소한 신세가 큰 짐이 되기도 한다는 것을 부정하려 하지 말자.

베푸는 것도 조심해야 한다. 가능하면 신세를 지지 않아야 하듯 필요 이상을 넘는 베풂도 하지 않기를 권고한다. 호의는 숨겨서 내놓은 것이 좋다. 드러내 놓고 베풀다가는 화가 되어 돌아오기도 한다.

무엇보다 내 마음을 살펴 주는 것이 우선이다. 세상을 바라보는 태도
도, 사람을 대하게 되는 감정도 내 마음이 도달해 있는 지점에 따라서
달라진다. 나의 일상이 순조롭지 않다면 아무것도 의미 없음이 된다.
마음을 지켜 주는 것, 마음을 다독여 주는 것이 나를 위하는 최고의 사
랑이다.

― 만약

'만약에'라는 말은 마약과도 같다.

그때로 돌아갈 수 없다는 한계가 '만약에'라고 처방전을 준다.

만약, 그때로 돌아가도 달라질 것은 없을지도 모른다.

그 시간의 최선이 잘못된 결정이라 단정할 수 없다.

지금과는 가진 마음도, 처한 조건도 같지 않기 때문이다.

다만, 지금 상태에서 아쉬움이 남아 돌이켜 보는 것이다.

만약을 투입할 때마다 후회의 병이 깊어진다.

후회를 하면서 후회를 하는 감정의 상충이

'그때 그럴 수도 있었더라면…….'이라고 만약에 중독되어 있다.

하고 싶은데 머뭇거리고 있는 말이 있다면,

기회가 오지 않는다고 숨긴 말이 있다면

지금 만약이란 약을 제조 중인 것과 같다.

─ 때깔 난다

어떻게 살아왔느냐고 너는 물었다.

실없는 웃음기가 옅은 한숨처럼 서려 있는 표정을 보면서

고단했을 너의 시간들을 가늠해 보았다.

내가 네가 돼서는 안 되는 생의 순간들을

얼추 넘겨짚어 보기는 해도 실제를 알아낼 수 없음을 안다.

하지만 너와 나의 삶이 그리 다르겠느냐 반문을 한다.

지독한 사랑에 빠져 있던 시간이 있었고

허전한 이별의 시련에 마음이 상하기도 했다.

성공한 일보다는 실패에 더 가까워서 상심한 일이 더 많았고

풍족은커녕 필요에 이르지 못한 허기에 주림을 당하고 살아왔다.

그러나 지금의 나를 다른 나로 만들고 싶지는 않다.

붙들고 있어야 해로운 기억들은 놓아주고

있는 대로의 나를 여전히 믿어 준다고 나는 대답했다.

그래야 지나온 시간과 지나갈 시간이 제 빛깔을 낼 것이다.

다시 하려는 질문은 어떻게 살 거냐고 물어봐 다오.

나를 나일 수 있도록, 너를 너일 수 있도록 지켜 가는 것이

때깔이 난다고 답할 수 있도록.

― 맨드라미와 대적하다

담장 밑에 핀 맨드라미는 시간을 거슬러 내는 힘을 가졌다.

손톱으로 씨앗을 긁어내 흰 편지 봉투에 담던 작은 손은

이제 마디가 굵어졌고 옹이가 생생해져 있다지만

가늘어진 눈매를 타 넘어 들어오는 선명한 붉은빛에는

아직도 민감하게 반응을 한다.

담 넘어 퍼져 가는 가을 햇살이 영글어 가듯

꽃을 향해 파고든 친인들의 추억이 깊어지고 있기 때문이다.

부지깽이 같은 할미의 마른 허리에서

눈길을 떼지 못하던 아비의 눈가에 스미던 물기와

보리쌀을 씻으며 모여드는 달구 새끼들을 손사래 치며 쫓던

어미의 고됨이 맨드라미의 벼슬에 노을처럼 붉게 채색되어 있다.

해거름 녘에 더 선명해지는 맨드라미는

다시 돌아가고 싶지 않지만 돌아갈 수도 없는 시간에 대적하게 한다.

─ 별나지 않은 사랑

내가 널 사랑한다고 말할 때에는
곁을 내어 주지 않으려는 새침함에 빈틈을 보았을 때에야
주체 못 할 망설임이 사라졌다는 것이다.

내가 널 힘차게 안아 들 때에는
보고 싶지 않았다는 거짓말이 허술해지고 있는
너의 논리가 겁나게 헐거워졌다고 알아야 한다.

나만이 네가 뿜어내는 감정의 등고선이
넓어지고 깊어짐에 민감하다는 것을
너는 무심히 넘기려 하지만 너도 모르는 감각을 감지하는
더듬이가 나에게 있음을 모른 척 뽐내진 않길 바란다.

내가 말해 놓고도 애착스러운 너의 단점을
그렇게 나는 미적거리지 않고 사랑하고 있다.

— 나흘째 비

나흘째 날에도 빗방울의 크기만 달리하며
여전히 우산을 놓지 못하게 하고 있다.
신발이 젖어 질척이는 것을 무시한 채
작은 비닐우산에 의지하고 들어선 오솔길에서
나뭇잎이 싹, 싹이며 우는 소리를 들어야 했다.

보고 싶다고 말해 버리면
다음 말이 간절해지지 않을 것 같아서
함부로 말하지 못한 채 살아왔다.
그냥, 생각이 나서
무엇을 하는지 궁금해서라고
에둘러 낮게 중얼거리는 것마저 겸연쩍었다.

가늘다 굵어지고 잠잠하다 커지는 비를 받아 내는 소리로
말을 하는 나뭇잎의 울음에 귀를 열어 놓고
할수록 그리움이 세지는 보고 싶다는 말을 빗속에 섞어 넣었다.
가을비가 오기 시작한 지 나흘째 날이었다.

── 엄지손톱을 깎다가

세상 이치가 그렇다.
쓰일 곳이 있어서 생겨난 것이고
쓰일 만큼만 필요하다.
이유 없는 존재는 없다는 말이다.
있어야 할 곳에 있고
있을 만하니까 있는 것이다.
엄지가 짧고 굵고 투박하고 뭉툭한 이유는
가운데 있지 않고 첫 번째 자리에 있지만
무게 중심을 다부지게 잡아서 다른 손가락들을
거느리는 역할을 무겁게 하라는 거다.
첫 번째로 태어나 울퉁불퉁하고 성질 거칠지만
어깨 움츠리지 못하고 진중하게
늘 가장이어야 하는 나처럼
엄지손가락은 앞으로도 뒤로도
나머지 네 손가락 어디에도 무리 없이 닿는다.
세상 순리가 그렇다.
없어서는 안 되지만 없음을 받아도
티를 내지 않는 존재가 있다.
세상인심은 존재감을 드러내지 않는 것이야말로
찐 존재라는 것을 망각한다.

엄지손톱을 깎다가 있을 곳에 있는
같은 존재라고 이심전심이 되다니
못난 것들은 서로 통하나 보다.

— 별일 아니야

조금 아팠다는 말에는 한계를 넘나드는
망설임에 시달렸던 고역이 숨어 있었을 것이다.
많이 아팠다고 말하지 못하는 사정을 안다.
나를 위해 주는 이에게 걱정을 전가해 놓고 싶지 않아서
혹은 나를 경계하는 사람에게 엄살로 치부되고 싶지 않아서
괜찮다고 말하고 싶으나 뻔한 거짓말이
동정이나 경멸로 취급받는다면
아픔보다 자멸감이 더 곤혹스러울 테니까.
그러나 아프면 아프다고 말하자.
바보가 되면 어떤가, 동정도 경멸도
참아 내야 하는 고통에 비하면 별일 아니다.
모든 일을 잘하며 살 수는 없지 않은가.
염치없는 실수가 아니라면 부끄러움이 아니다.
죽을 것처럼 아프지 않더라도 참아 내기 버겁다면
아파서 미칠 것 같다고 말해도 된다.
말속에 포함된 통증이 몸 밖으로 빠져나갈 것이다.
토해 내는 숨결 속에 마음이 달래질 것이다.
아프면 아프게 말하는 거, 별일 아니다.

참을까 말까 고민하고 있다면 그대여!

아무 걱정하지 말고 아프면 아프다고 말해!
내가 다 들어 줄게.

― 가을의 문장

두께감이 있는 차렵이불을 목까지 끌어 올린다.
찬 기운이 곳곳에서 도사리고 있는 구월이 시작되었다.
자작거리며 밤을 새운 비는 아직 그치기엔 서운한지
투박한 소리로 새벽을 동행해 오고 있다.
덮어쓴 이불 속에서 눈을 뜨지 못한 채
머릿속에서는 얽힌 문장들이 완성되지 못하고
의식과 무의식의 중간 세계에서 무중력의 상태로 부양 중이다.
걱정을 일삼아 주는 사람들과 걱정거리가 되는 사람들이
밤사이 꿈속을 손님처럼 들락였다.
잠을 털고 일어난다고 해도 여전히 수면을 방해하던
이물감 같은 사람들은 현실 속에서도 지분거리며
신경을 거슬리게 찔러 댈 것이다.
그러거나 말거나 따순 기가 배어 있는 이불을 걷고
냉기가 맴도는 잠 밖으로 아직은 나서기가 싫다.
가을을 맞아 슬기롭게 마주 서 살아야 할 문장을
단단한 이음새로 연결해 완성하지 못했기 때문이다.
그러나 가을은 멈칫거릴 틈을 줄 여유가 없다는 듯
이미 밑줄 그어 놓은 빈칸을 메꾸기 전에 시작해 버렸다.

"_____하며(게) 살아야 할 가을이다."

― 속절없는 그대여, 무사하길

장마도 하나의 계절로 대우를 해야 하나 봅니다.
한여름의 장마 전선이 지나가고 나서
가을장마가 길게 이어지고 있습니다.
가을에서 겨울로 들어가기 전에 심호흡처럼
한소끔 쉬어 가라고 겨울 장마가 시작된다고 해도
전혀 이상하지 않을 듯합니다.
계절의 사이사이에 며칠씩 내리는
비나 눈은 제5의 계절입니다.
경계를 넘어가기 위해서는 이전의 습성을 마무리하고
겉도 마음속도 입성을 달리해야 합니다.
익숙함을 버리고 다른 기후와
달라진 밤낮의 길이에 맞춰 나갈 준비를 해야
적응을 할 수 있기 때문입니다.
매미 울음소리가 줄어들고 귀뚜라미의
날개 부비는 소리가 귀의 울림을 크게 합니다.
바이러스에 대항하기 위해 몸에 심은 백신이 일으키는
부작용이 대상을 가리지 않고 광범위하게 번지는 것처럼
속절없이 삶이 퍼 나르고 있는 장맛비에 젖고 있어야 할
그대여, 탈 없이 무사하길…….

─ 변신

한 사람을 보낼 때는 익숙했던 세계를
몸 밖으로 들어내는 것과 같습니다.

한 사람을 맞이할 때는 낯설지만 동경하고 싶은
신세계로 들어서는 것과 동등한 사건입니다.

그러함으로 이별과 만남은 다른 세상으로 통하는
시공의 칸막이입니다.

가을로 들어서고 있는 팔월 말의 계절 구별선입니다.
여름이 똬리를 풀고 물러나고 있습니다.

사람을 보내고 맞는 것처럼 계절과의 이별과 마주침도
살아갈 세계를 바꾸는 일입니다.

─ 산천어와 시마송어

바다로 가면 시마송어, 민물에 남으면 산천어

알에서 깨어난 이후 선택의 순간에 노출된다.
뿌리는 같지만 운명은 스스로 결정해야 한다.

서둘러 갈 길이 아니면 멈춰 고민하는 것도 좋다.
한번 들어서면 거슬러 가기엔 물길이 깊고 물살이 세다.
선택은 뒤집기에 목숨 걸어야 할 위험이다.

바다의 결을 봐야 했다.
동해의 해안선을 따라 고성 아야진에서 시작해
울진 고래불까지 파고가 낮아지지 않는 바닷물과 너울댔다.
남대천을 통해 바다를 택한 시마송어처럼
대양으로 가고 있는 거였다.

그러나 한편으로는 왕피천에 남아
은어 떼와 어울려 버린 산천어처럼 계곡을 끼고
산 그림자에 자중하며 살고 싶기도 했다.

나는 시마송어인가, 산천어인가.

바다와 민물이 경계를 밀어 냈다 밀리며 싸우고 있는
모래톱이 높이를 쌓는 삼각지에 배를 뒤집고 있다.

― 매미 소리

온몸을 떨어서 울어 대는 매미 소리는 들을수록 끔찍하다.

더 세게 빈속을 공명시켜야 큰 소리를 낼 수 있어서 처절하다.

언제 와 줄지 모르는 사랑에 목숨을 바쳐서 매미는 운다.

─ 천잠사처럼

가볍게 받아들여지는 것이 싫었습니다.
그렇다고 알아내려면 지탱하지 못할 정도로
진중함을 가중해야 하는 것도 원하지 않습니다.
보여 주는 데 급급해 진심이 해코지당한다면
드러내지 않는 것만 못하게 될 겁니다.
내가 품고 있는 참됨의 일 할만이라도
느껴지기를 바랐습니다.
가슴과 마음을 잇고 있는 천잠사처럼
선명하게 보이지 않아도 끊어지지 않는
질김으로 남아 있으려 합니다.
눈 감겨도, 눈 뜨여도
내가 바라보는 곳에 그대가 있습니다.

3장

날씨 따라
달라요

─ 낙타의 관절을 꺾으며

가끔은 너의 이름을 부르면서
정신을 놓지 않는다.
오래지 않아 잊겠다는 약속은 지키지 못하겠다.
어느 날 발신자를 알 수 없게
포장이 손상된 택배가 문 앞에 놓여 있는 것처럼
너에 대한 기억이 가슴에 배달되어 있을 테니까.
포장을 뜯어내며 이름과 주소를 찾아 움켜쥔 채
나는 막막한 시간이 흩어져 있는 사막을 걸어가겠지.
이룰 수 없었던 지킴의 맹세는
모래바람에 사무쳐 있으리라.
낙타의 관절을 꺾으며 오아시스를 찾아
끝내 숨기지 못하고 드러낼 그리움을 지키려 할 테지.
속이 타고 목이 따끔거린다.
너를 부르는 목소리가 커질수록
거친 마음의 표면을 긁어 대는 쇳소리다.

─ 그립지 않다고 말해 놓고

그립지 않다고 말해 놓고 속이 울렁였습니다.
사실을 그대로 표현하지 말아야 할 때가
사실만을 말해야 할 때보다 더 많습니다.
있는 대로의 나를 말하게 되면
그가 애써 유지하고 있는 거리가 더 멀어질 것입니다.
오고 가며 얼굴을 봐야 하는 사이라면
관계가 어색해질 상황에는 마음을 숨기는 것이 좋습니다.
사람을 향해 마음을 열었다
벽을 마주하게 되면 숨김이 익숙해지게 됩니다.
보고 싶었다고 고백하지 않아야 오래 볼 수가 있습니다.
마주 보고 있어도 그리움이 종이 한 장의 두께만큼도
줄어들지 않는다고 말하지 말아야 합니다.
내가 품고 있는 마음이 아무리 애탈지라도
거리를 두어야 그와의 대면이 무거워지지 않습니다.
그렇습니다. 한때를 사랑했음으로 받아들여야 합니다.
이별 이후의 감정은 오롯이
나의 것이어야 하기 때문입니다.

─ 숙취

울렁임이 속을 들끓입니다.
편두통처럼 몰려왔다 그침이 반복되는
어지럼증이 정신을 흩어 놓습니다.
당신을 사랑하기 시작한 그날도 이랬던 것 같습니다.
혼이 빠져나간 듯 정신을 못 차렸었습니다.
보고 있으면서도 눈이 부셨습니다.
알에서 깨어 나와 비로소 성충이 된 나비처럼
더듬이의 감각만으로 당신의 진체를
실감 나게 감지해 낼 수 있었습니다.
불쾌해져 있는 속이 아립니다.
머리카락이 혼란스럽게 헝클어지고 있습니다.
오기를 부리며 무리한 술잔의 수만큼
숙취를 견뎌 낼 각오는 하지 못하였습니다.
감당할 수 있든 없든 따지지 않고
다가온 사랑을 무작정 받아들여야
직성이 풀리는 나를 탓할 수밖에요.
지독한 숙취처럼 당신은 나를 옭아맵니다.

─ 다섯 날째 비

고된 흔적이 역력합니다. 맨홀을 터져 나와 스며들 곳을 찾지 못한 빗물은 도로 위를 겉도는 비와 합쳐져 낮은 지대에 모입니다. 무너져 내린 옹벽이 위태롭게 다섯째 날의 빗줄기를 품고 있습니다. 뚫린 하늘에 고정된 걱정은 순식간에 토사처럼 무너져 희망을 덮쳐 버렸습니다. 모든 것을 원점으로 돌려놓아 줄 것처럼, 금세 피해를 없애 줄 것처럼 무작위로 던져지는 희망 고문은 공감 능력이 없는 철면피처럼 퍼부어 대는 수해를 상심으로 더 키웁니다. 가난한 사람은 집을 잃고 젖어 버린 세간을 끌어내 사거리 물웅덩이를 향해 목숨을 버리듯 던지고 있어야 합니다. 한순간에 절망하고 말았습니다. 한 끗의 바람을 희화하는 무지한 사람의 모진 말이 비에 속수무책으로 당하는 것보다 억울합니다. 곧 보게 되기를 간절히 기도합니다. 비가 멎고 정화된 사람들의 얼굴이 맑아졌으면 좋겠습니다.

빗소리에 귀가 얼얼합니다. 잘 살아라, 잘 지내라, 잘 참아라, 잘 견뎌라. 소란스럽게 비명을 지르고 있습니다. 하루, 이틀 그러다 다섯째 날의 비에 잊었다고 믿었던 그대가 폭우처럼 살아나고 말았습니다. 모든 뒤틀림이 그대와의 헤어짐을 받아들이면서 시작되었습니다. 비가 그치길 기다리며 그대를 다시 보내고 있을 수밖에 달리 해법이 없어 검은 우산을 들고 빗속으로 나섭니다. 장송가처럼 우울하게 나뭇가지를 두드리는 빗소리가 다섯 날째 울고 있습니다.

─ 담대한 이별

글쎄요, 아픔이 덜한 이별은 할 줄 모르겠습니다.
가시가 박힌 듯 미묘한 통증이 아마 사라지지 않고 남아 있을 겁니다.
이별 전후가 오래 신은 신발같이 다시 신어도 편안해지진 않겠지요.
한 번이나 두 번이나 그 이상이라는 정도의 차이는 나겠지만
익숙해진 통증을 참을 수는 있을 겁니다.
그렇다고 있었던 이별이 없던 일이 되지는 않겠지요.
이별마다 새집에 들어가는 것처럼 어색합니다.
때 묻은 시간을 닦아 내고 새로운 세간을 들이듯 마음을 리모델링해야
합니다.
이불장 구석구석까지 뒤져 사람이 남겨 놓은 자국을 끌어내야 합니다.
주방의 수납장을 칸칸마다 들추며 체취가 남아 있을 그릇들을 버려야
합니다.
함께했던 옷가지, 세면도구 하나라도 남기면
절대로 아프지 않겠다는 담담한 이별을 하지 못하는 것입니다.
마지막까지 지우지 못하고 망설이던 전화번호를 삭제하면서
오늘에야 비로소 담대한 이별을 완성하고야 말았습니다.

─ 헤어지기 십육 분 전

준비해 놨던 안타까운 언어들이 담담해지고 있었다.
잡아야겠다고 연습했던 손이 움직이지 않았다.
따라 놓은 채 입에 대지도 못한 술잔은 냉기를 잃고
저 혼자서 밍밍하게 취해 있었다.
겉도는 입술은 말라서 침을 혀로 둘러도 각질이 일어났다.
손목 위를 째깍이며 이미 예정된 실연을 비웃듯
흔들리는 시계의 초침을 슬쩍슬쩍 보는 체해야 했다.
의자를 뒤로 끌며 엉덩이를 반쯤 일으키고 있는 너에게
망막에 들어차는 물기를 보여 주기 싫었을 것이다.
볼살을 물어 일부러 입 속에 피를 머금고 있어야만 했다.
붙든다고 다시 함께할 순간을 만들진 못하리라.
탁자의 모서리를 밀고 당기며 가려 하는
너의 손등을 향해 눈 못이 박혔다.
너를 따라 일어서려는 허벅지의 근육이 저릿저릿한 신호로
만들어 내는 힘을 바닥으로 분산시켜야 했다.
할 말을 다 하고 헤어짐을 받아들이기로 약속한 아쉬움이
절망으로 바뀌고 있는 아홉 시 십육 분 전이었다.

― 담담한 이별 단련

가려는 이의 뒷모습을 눈 속에 남기지 마라.
남아 있어야 할 나를 소홀히 하게 된다.
붙잡지 않고 놓아주는 것도 과감한 용기다.
떠나는 이가 마음을 남겨 놓지 않고 갈 수 있도록
안쓰러움을 내비치지 말고
팔을 번쩍 든 채 흔들어 주도록 하자.
보낸 이후 돌아 세워지지 않는 발부리를
억지로 돌리며 속절없는 애탐에 무너지는 것은
오롯하게 남은 이의 몫이다.
그렇게 버티다 보면 울음은 곧 그칠 것이다.
가겠다고 굳힌 이는 잡고 있어도
처음과 같은 마음이 남아 있지 않는다.
진심 없이 남은 허물을 곁에 두는 것이
보내 주는 것보다 비굴한 상태를 지속시킨다.
사는 날이 오래되어 갈수록 이별을 잘해 주는
담담한 단련이 나를 존중하는 방법이다.

── 너에게 하지 않은 한마디

마음이 아려 올까 서둘러 하지 못했나 봅니다.
마음이 진정될 때까지 숨기고 싶었나 봅니다.
하려 하면 숨이 가빠졌습니다.
지나간 모든 순간과 닥쳐올 시간이
일어나지 않았던 것처럼 감당하지 못할 환영처럼
영혼을 떨리게 했습니다.
아끼고 아껴, 우리고 우려 진국 같은 말로
너의 가슴속에 전해지기를 바랐습니다.
깨어날 수 없는 최면에 걸린 듯
너에게 하지 않은 한마디에 침몰되어 있습니다.
나에게 스스로 하는 단단한 고백이기도 합니다.
어떤 공간에 있더라도, 어느 찰나에 떨쳐질지라도
나를 지배하는 한마디에 침탈당해 있습니다.
너의 목소리에만 맹렬히 반응을 하고
너의 시선에만 백탄처럼 불타오릅니다.
나의 마음이란 오직 너에게서만 비롯된답니다.

― 잘 지내고 있습니다

먹고 배출하는 평범한 일이 비범해야 한 시절이 있었습니다.

웃음보다는 찡그림을 달고 살았던 기억이 남아 있습니다.

누군가 아직도 그러냐고 물어 오면 지금도 자주 그 느낌이

진저리를 치게 하는 것이 사실이라고 선선히 답을 합니다.

그럼에도 대답을 하는 표정과 음색은 맑고 시원합니다.

다 있음대로 받아들여 담담하게 생의 과오들을 용서해서 그렇습니다.

빗나간 인연들과의 싸움을 멈추어 가고 있습니다.

가슴이 찢어질 듯 오열하도록 치밀어 올라왔던

감정의 편린들에 맞서지 않고 외면하고 있습니다.

호의로 내밀어 주는 새로운 손들과 멋쩍은 인연을 시작하고 있습니다.

잘 지내지 못할 것이라고 걱정 같지 않은 질시를

보내 주었던 이들에게 미안하지만 보란 듯이 잘 지내고 있으니

부러워해도 된다고 가운뎃손가락을 치켜듭니다.

쥐똥나무 꽃이 피워 올리는 단내에 정신을 놓아 버린 벌들처럼

날마다 진해지는 일상의 역할꽃을 피워 가며 정말 잘 지내고 있습니다.

── 날씨 따라 달라요

흐린 날에는 이유 불문하고 싱거워지고요.
바람이 거센 날에는 불문곡직 격정적이 돼요.
맑으면 맑은 대로, 해가 뜨거우면 그러한 대로
소심하게 손 그늘에 숨고요.
비가 오면 오는 대로, 빗줄기의 굵기 따라
먹구름처럼 두껍게 눈가에 습막이 차요.
날씨 따라 오르락내리락 삶을 대하는 태도가 달라져요.

하지만 아무리 날씨가 변해도
달라지지 않는 것이 있어요.
봄날같이 포근하게 맞이하고,
활활 타는 여름같이 뜨겁게 포옹하고.
나무가 꾸며 놓은 색깔 맛집 가을처럼,
냉엄하지만 부드러운 눈발이 고운 겨울처럼.
유일하게 당신에게만은 변신에 맞춰
미리미리 대응이 최적화되지요.

─ 알레르기

5월은 알레르기와 같습니다.

휘황한 들꽃들에게 빠져 감지 못하는 눈을 붉게 충혈시킵니다.

낱낱이 이름을 불러 주다 침이 마른 입 안이 즐거움으로 간지럽습니다.

순백이 찬란한 애기말발도리, 황금 비단을 깔아 놓은 듯한 금계국,

바람에 흔들리며 하늘을 품고 있는 샤스타데이지,

보랏빛 계단처럼 층층이 올라가며 핀 조개나물꽃,

낮은 곳을 오래도록 지키는 씀바귀와 술패랭이꽃…….

그대의 이름도 꽃 이름을 불러 주듯 되뇌어 봅니다.

그리움이 일으킨 향기가 콧속을 자극해 재채기가 커집니다.

5월이 없다면 그대를 잊을 뻔했습니다.

잊지 말라고 오감을 간지럼으로 자극하고 있나 봅니다.

─ 이별 견적서

책임을 따지고 들수록 세세한 항목이 늘어납니다.

아픔이 크면 클수록 추억의 가치가 치솟습니다.

그때, 그곳에서의 그 시간이 핏줄기 속까지 파고듭니다.

사랑하지 않고서는 이별은 없습니다.

이별은 사랑을 한 사람만이 경험하는 특권이기도 합니다.

하지만 되풀이 경험하고 싶지 않은 특권입니다.

서러운 기운의 침범을 이겨 내기가 난해하고 심난할 것입니다.

생애에서 받는 견적서 중에 승인하기가 가장 두려운 작업입니다.

지나간 기억의 필름을 되돌리고 돌려 봐도

결국 원인은 나에게 있다는 것을 인정해야 합니다.

사랑의 개시와 꾸림이 나에게서 비롯되었듯이

이별의 단초와 파국도 나에게서 파생됩니다.

왜, 언제부터 분란이 일어났는지

어떻게, 얼마나 감정에 균열이 생겼는지

견적서의 항목마다 "미안해."라고 사인을 해 둡니다.

끝이 난 이별 견적서는 재시공하지 못하기 때문입니다.

― 겹보

한쪽 눈엔 한가득 눈물이 고여 있다.
한쪽 눈엔 새침한 기다림이 새겨져 있다.
얼추 느낌이 비슷하다.

한 손은 불그스레 열이 올라 있다.
한 손은 사방으로 번져 있는 손금이 창백하다.
전혀 달라 보이지 않는다.

오른쪽 뺨은 경련이 나는 듯 씰룩임이 멈추지 않는다.
왼쪽 보조개는 옹달샘이나 되는 듯 물 솟는 소리가 들릴 것만 같다.
알아보지 못할 낯섦은 아니다.

그리움이 지나치게 오래였다고 말하는 거다.
바라봄을 멈추지 않았다는
말, 표정을 저리 어긋나게 하는 거다.

─ 그리움을 놓았습니다

블라인드가 내려진 창밖은 볼 수가 없습니다.
가리고 싶은 시간을 격리하는 방법은
기억과 시간의 간격에 블라인드를 치는 것입니다.

순천의 탐매마을에 봄이 피었다고 하는군요.
광양 섬진강을 따라 다압에 꽃망울이 터졌다는군요.
뒷짐을 지고 햇살이 줄지어 내리는 밖으로 나가 봤습니다.

건조 주의보가 경보로 바뀌어 있는 마른 대기는 여전하지만
잔디가 싹을 올리려 아등바등 애깨나 쓰고 있더군요.
광대나물이 봄의 전령사를 자처하지만
사실은 이미 피고 지기를 먼저 시작한
별꽃을 앞지를 수는 없습니다.

그렇습니다.
고집을 부려 봐야 소용이 없다는 것은 오래전부터 알았습니다.
뒷모습이 보이지 않을 때부터 이별은 끝이 났다는 것을.
그립다는 말을 입에 달고 살지만 내가 나에게 해 줄
허전함의 뒤풀이 말이라는 것을 모르지 않았습니다.

매화나무 아래에 자리를 잡고 앉았습니다.

큰개불알꽃 위에 떨어져 색깔이 바래 가는

흰 꽃 이파리 하나 주워 들고 후, 입바람을 불어 날려 보냅니다.

그리움을 놓았습니다.

─ 처서

보고 싶었다는 말은 입버릇처럼 달고 살아도 좋겠다.
허기가 돌면 밥 생각이 나듯, 안개비가 내리는 날에는
향이 짙은 커피가 물씬 땡기듯, 마음이 허해지면
곧바로 신호가 오는 보고 싶음은 감출 필요가 없지 않을까.
심장을 터지게 달궜던 여름이 아침저녁으로 식었다.
공간을 달군 열에 벌겋게 올라왔던 살갗이 차분해지고 있다.
알에서 일찍 부화한 귀뚜라미가 매미 소리를 대체하지만
가을이 목전에 이를수록 보고자 하는 떨림이
만들어 내는 진동은 너를 향해 광범위하게 퍼진다.

── 태도 고백

되지 않는다고 불평을 했습니다.
될 리가 없다고 지레 폄하를 했습니다.
될 일은 그냥 둬도 저절로 될 것이고
안 될 일은 아무리 기를 써도 되지 않을 것이라고
포기를 종용하기를 주저하지 않았습니다.
허탈해서 그랬습니다.
믿음에 금이 가고 마음에 상처가 새겨지는 시간을
여러 차례 반복했기 때문이라는
변명을 하고 싶어서였을 겁니다.
그러나 그러면서도 삶의 상황들에
굴복하고 싶지는 않았나 봅니다.
어쩌면 될지도 모른다는 미약한 불씨를
가슴에 켜 놓은 채 살고 있습니다.
하지 못할 것이라고 무시하며 침범해 들어오는
비아냥에는 단호하게 맞서 있습니다.
매번 되지 않아도 됩니다.
하다가 안 되면 그러려니 해도 될 것입니다.
망막한 것보다는 막연하게 사는 것도 괜찮겠습니다.
만만하지는 않겠지만 부정의 언어에 숨겨 둔
희망을 끌어내며 살아야겠습니다.

─ 봄비에 그리움을 흘렸다

마른 흙이 바람에 일어나 흩날리는 날이 길어질수록
꽃이 필 기미마저도 지체되고 있었습니다.
애써 얼굴을 내민 꽃들도 생기가 없이
고개를 숙이고 있음을 안절부절못하며 지켜만 보았습니다.
가뭄처럼 간직하고 있기를 부담스러워했던 그리움과
풀지 못한 채 가지고 있어야 했던 속수무책의 보고픔이
마음 그릇에 넘쳐 나고 있었습니다.
먼지가 일던 지표면을 적시는 봄비가 오고 있습니다.
젖은 흙에 얼룩이 진 채로 수선화가 고개를 들어 올립니다.
홍가시나무 끝에 붉은 잎이 삐죽이 올라옵니다.
들고 나섰던 우산을 접어 옆구리에 끼고
비가 내리는 하늘을 향해 얼굴을 드러내 봅니다.
주, 르, 륵 이마에서 눈가를 돌아 봄이 흘러 내려옵니다.
마음에 매어 놓았던 그리움을 빗물에 딸려 보냅니다.

― 날씨 따라 기분이 달라요

비가 우박으로 바뀌었네요.
얼음 알갱이들은
곧 눈으로 변신을 하려 할 겁니다.
춘삼월의 하늘이 절묘하게
세 가지의 날씨를 품었습니다.
흐리다 비가 오는 것까지야
당연히 받아들일 수 있는
날씨의 흐름입니다.
빗방울에 우박이 섞이고
매서워진 바람이 기온을 끌어 내리자마자
물기가 결정으로 변해 눈으로 오는군요.
기분은 날씨를 따라갑니다.
얼었다 풀리고 치솟았다 낙하하고
날씨가 마음 상태를 결정하는
그날의 최애 조건입니다.
너를 생각하는 온도도
날마다 날씨 따라 다르겠지요.
오늘이 내일과 같지 않듯
흐림과 맑음이 같을 수 없다는
사실을 받아들여야 하지요.

하지만 붙들고 있는 사랑만큼은
날씨가 바꾸지는 못한답니다.
날씨가 궂어도 마찬가집니다.
햇살 좋은 쾌청한 날씨여도
너에게 향한 사랑은
한결같은 날씨입니다.

─ 날씨가 좋아요

햇살이 온 세계에 우거진 날씨입니다.
미풍의 온기가 막 올라오고 있는 여린 풀잎에 스며듭니다.
벚나무 가지가 부풀어 오르고 있습니다.
버드나무가 공중에 매달린 연두색 섬이 되고 있습니다.

날씨가 좋아서 기분이 맑은 날에는
마음이 달갑게 달아올라 만개한 매화 꽃잎처럼
그대를 향해서 터져 버립니다.

─ 믹스커피처럼

이른 봄은 믹스커피처럼
감정들이 살아서 섞여 있다.
기다림이 달성되었다는 달달함과
꽃대가 올라오기까지 견뎌 낸
고난을 말하고 싶은 쓴 내,
그리고 받아들일 것을 안아야
비로소 조화로움에 이를 수 있다는
중재의 마음이 어울려 있다.
설탕과 커피와 프림이 이뤄 낸 맛같이
봄은 물러가는 북서풍의 끝과
완만하게 다가오는 남동풍의 처음을
불안하게 끌어와서 이어 버무리고 있다.
그래서 봄은 믹스커피처럼
마시면 마실수록 겨우내 텁텁했던
입 안을 헹구어 내듯 단박에 입맛을 홀린다.

― 퇴근하기 좋은 날씨입니다

봄이라고 사람들의 입에서 계절을 알려 옵니다.

그러나 여전히 겨울의 잔해들이 남아서

아침, 저녁으로는 두꺼운 옷을 입어야 합니다.

봄이라고 확정해도 될 만한 꽃들의 소식은 더딥니다.

예년에 비해 일주일 혹은 열흘 이상

개화 소식이 늦어지고 있습니다.

만개했다가 지기 시작해야 하는 매화가

엊그제부터 활짝 피었다 합니다.

벗나무는 이제야 꽃봉에 분홍빛을 머금습니다.

그래도 하루 한나절이 다르게

살갗에 머무는 바람이 따스워지고 있습니다.

실내로 들어오는 햇살이 눈꺼풀을 무겁게 누릅니다.

산만하게 널려 있는 일거리들이

봄기운에 취하는 것을 방해합니다.

하지만 초록초록해지고 있는 나무들에게

빼앗긴 시선을 거둬들일 수가 없습니다.

퇴근하기 좋은 날씨입니다.

─ 가장 가벼운 눈물

질척거리며 하루 온종일 비가 온다고
흥건해질 필요는 없습니다.
포트에 뜨겁게 물을 끓이며 빠져나오는 김 소리에 맞춰
마음은 은근하게 그러나 향기는 진하게
투명한 유리잔에 채운 커피를 들고 창밖이나 보면서
빗소리를 따라 마음 여행이나 해 보는 겁니다.
누구에게나 있을 법한 흔하디흔한 이야기를 좋아합니다.
색다른 사연에는 그만한 신경을 집중해야 하는
과민한 거슬림을 투자해야 합니다.
편하게 들을 수 있고 너스레처럼 들려 줄 줄거리가 좋습니다.
오래 묵은 먼지가 끼어 있는 유리창을 닦아 내며
빗방울이 모여 물줄기로 유리 위에 길을 내는 모습은
볼수록 흔해 빠진 내 삶의 테마 같습니다.
남들에 비해 특출나게 살기를 바라지 않았습니다.
있는 듯 없는 듯, 보이는 듯 그렇지 않은 듯
평범함 속에 스며들어 있고 싶었습니다.
살기를 멈춰야 하는 순간까지 나를 위해 흘리는 눈물은
언제나 하찮은 것이어서 가장 가볍기를 염원합니다.

─ 이별 유감

진눈깨비를 담고 있는 하늘이 낮게 깔려

이별을 여전히 아파하고 있는 마음으로 내려앉습니다.

허탈해질 대로 허탈해져 지난밤 뒤척임이 끊이질 않았습니다.

기어코 머리카락에 싸락눈이 올라앉습니다.

정수리에서 내뿜는 체열에 녹아내리다

미열처럼 은근히 마음을 갈궈 댄 머릿속을 냉각시켜 줄 것입니다.

원하지 않았던 이들과의 헤어짐은

떨쳐 내지 못할 무게로 가슴을 짓누릅니다.

그렇다고 다시 인연을 잇기에는 이별의 과정 중에서

서로를 향해 후벼 판 상처들이 아물지 않아 어림도 없습니다.

잊을 수 있을 거라는 집착으로 버텨야 합니다.

물기를 품은 공기가 함박눈으로 바뀌면 좋겠다는 생각을 해 봅니다.

지나쳐 가 버린 사랑들이 서운함인지 서글픔인지 혼란을 주고 있는

애매한 마음을 하얗게 덮어 주면 좋겠습니다.

― 눈 내리는 자은도에서

눈이 내리는 날에는 살얼음이 낀 갯벌을
느리게 걷듯 뻘배를 밀며 자은도로 가고 싶다.
먼바다로 밀려나고 있는 바닷물을 가르며
섬과 나란히 어깨를 맞대고 싶다.
해풍을 타고 트위스트 리듬을 추는 함박눈을
머리에 이고 파도처럼 너울대고 싶어진다.
한 번도 흥겨워지지 않고 있는
삶을 위로하는 바보춤이라도 추고 싶다.
질척이는 뻘에 발이 닿아야
겨우 한무릎 거리를 나아가겠지만
마음껏 빨라 본 적이 없음에 적응된 지 오래다.
겨울 눈이 흐드러진 꽃잎처럼 내리는 날이면
멈출 생각도 못 한 채 살고 살아왔던 생을 밀듯
바다를 품에 품은 섬 그러나 바다에 안겨 있어야
스스로가 섬이라 부를 수 있는 자은도로 가고 싶다.
바다가 되고 싶다, 섬이 되고 싶다.
아니다, 아니야. 세상을 덮고 있는 눈발이 되고 싶다.

― 축복

- 새해에는

다시 새로워질 것입니다.
일상을 회복하고 손을 잡으며 인사를 하게 될 것입니다.
마스크를 벗고 입꼬리 미소로 활력을 찾을 것입니다.
삶은 바람을 놓지 않는 한 끝까지 축복입니다.
내년엔 다시 희열에 차서 오늘과 오늘을 살게 될 겁니다.

열의에 사로잡힌 당신의 선택이 항상 옳기를 바랍니다.
한계를 넘어서 당신이 가질 수 있는 만큼 다 누리길 빕니다.
당신이 이 세계의 전부이기 때문입니다.

─ 추억이라는 오해

떠올려서 아픈 기억은 추억이 아니다.
지나간 시간이 그림처럼 되살아난다고
모두가 간직해야 할 대상이 아니다.
상처에 아직 진물이 마르지 않았거나
감정을 상하게 하는 기억을 간수하고 있다고
추억이라고 착각하면 안 된다.
추억은 따뜻한 것이어야 가치가 있다.
추억은 생각할수록 지금을 행복하게
뒷받침하는 것이어야 한다.
되풀이되면 가슴이 아플 그때라면 잊어야 한다.
재생을 하면 진정되었다고 믿었던 마음이
분노로 들끓는 시간이라면 버려야 한다.
추억은 다시 돌아가 무한 반복해도 변하지 않는
아름다운 생의 자국이어야 한다.

― 날씨 변덕

가을과 겨울의 경계에서는 날씨를 예단할 수 없다.

봄바람처럼 온후하다가 칼바람으로 변하면서도 어색해하지 않는다.

기본적인 염치가 없다.

오늘은 안개 속에 먼지까지 함께 두께를 멀리까지 과시한다.

오전이 다 지나가도록 걷힐 기미를 보여 주지 않는다.

이러다 오후엔 햇살을 들이밀어 댈지도 모르겠다.

변덕스러움을 뽐내면서 부끄럽지 않은

날씨 변덕에 길들여져야 마음 건강에 이롭다.

곧 비를 동반하다 눈발이 거세질 거라고 한다.

변덕을 자주 부릴지라도 겨울 눈이 오는 것에 대항하지는 못한다.

자연법이 적용되는 대상엔 예외가 없다.

날씨 변덕도 복종할 수밖에 없다.

하물며 사람에겐 더 엄격하지 않겠는가.

마음 낮추고 몸가짐 바로 하고 변덕 없이 살아야지.

안개 낀 날이 주는 삶의 자세가 단단해진다.

─ 거미줄도 언다

십일월, 가을과 겨울의 경계에서
이른 추위에 거미줄이 얼었다.
우박을 뒤따라 눈발이 살짝 날리다
햇살이 반짝 얼굴을 내밀기도 한
가을인지 겨울인지 공감할 수 없는 날씨가 계속되었다.
지상에 내려서기도 전에 녹으며 눈은 빗물이 되었지만
눈으로 확인된 첫눈이었다.
보이지 않게 가늘던 거미줄이 서리가 내린 듯 얼어
멀리서도 자세히 보이는 상고대가 되었다.
세찬 바람을 타고 거침없이 지면을 향하던 눈발이
살아남기 전투에서 거미줄을 통과하지 못하고
패잔병처럼 걸린 것이다.
결정이 풀리고 있는 눈 방울은 깔때기같이 놓아줄 것이라는
그럴 것이다의 편견을 걸러 내듯 액화될 운명이
거미줄에 걸려 얼음 알갱이가 되었다.
그렇게 될 것으로 결정된 운명은 없다.
어쩌다 그렇게 된 것이다.
오늘과 내일 사이에 촘촘한 그물처럼 쳐진 시간의 거미줄을
여전히 빠져나가고 있는 중이다.

― 무례에 대처하는 자세

상수리나무에 단풍이 들었다. 숲에서 가장 먼저 가을과 이별하려 한다. 여름내 모든 힘을 다해 만든 상수리를 털어 내고 기진맥진한 잎들이 나무와 결별을 준비하고 있다. 나뭇잎은 광합성으로 전부를 다 쏟아 내고 나면 결실이 좋거나 시원치 않거나 상관없이 비굴하지 않게 된다. 좋은 결과만 있을 수 없다. 결과가 좋아야만 인정받아서는 안 된다. 상수리 열매의 실함과 수량으로 나뭇잎의 노고를 평가하려 드는 것은 무례한 셈법이다. 상수리 나뭇잎의 최선에 경의를 표한다.

누군가의 박한 평가와 참견에 모욕감을 느낄 때가 자주 생기는 계절이다. 연말이 다가올수록 그동안 살아온 날들에 대한 자취가 정성적으로 또는 계수화되어 평가를 받게 된다. 나름 성심을 다해 살아온 시간이 내가 아닌 타인의 눈높이에서 다뤄지게 된다. 나의 정성과 노력은 주관적인 것으로 치부되고 결과물만이 객관적인 평가의 대상으로 입에 오르내린다. 나의 최선을 나만이 정당하게 평가하게 되는 것이다. 칭찬에 인색한 평가가 살아온 시간을 초췌하게 한다. 그러나 스스로가 초라해지면 안 된다. 나는 나에게 치열했음을 알고 있지 않은가.

무례 앞에서 참을 수 없다는 변명은 하지 않기로 한다. 참지 못하겠거든 회피하면 된다. 최선을 다하지 못하면 차선을 택하면 된다. 울화는 생기겠지만 수습하지 못할 파탄을 피할 수는 있을 것이다. 제풀에

나가떨어지게 만드는 것이 좋다. 무례하게 굴다 응하지 않는다고 날뛰게 하면 통쾌하지 않겠는가. 역할을 다하면 분수를 알고 스스로 나무에게서 떨어지는 상수리 나뭇잎을 무례 앞에 깔아 놓으면 좋겠다.

누구에게도 무례하면 안 된다. 무엇보다도 나에게 스스로 무례하지 않아야 한다.

— 쑥부쟁이를 사랑한 시인

낮은 곳을 바라보지 않는 삶은 번거로워진다.
지켜야 할 것이 많아지고 거짓의 가면을 쓰기 일쑤다.
보여 주기 위한 시간의 굴레를 돌리는 노역을 자초한다.

시선을 아래로 내리면 마음이 편해진다.
세심히 지켜보지 않으면 보이지 않던 작은 것들의 소중함이 모여든다.
낮은 풀잎들이 스치는 소리, 작은 땅개미가 기어가는 길의 흔적

옅은 바람에도 온통 몸통을 흔들어 대며
쑥부쟁이가 가을 한 자락을 품고 있다.
무릎걸음으로 다가가 손을 내밀어 본다.
진하지 않지만 존재를 품어 내는 소심한 향기를 나에게 내어 준다.

내줄 게 없는 나는 그저 가만가만 손을 뿌리에 내려놓고
꽃잎에 살짝 입맞춤을 한다.
첫사랑처럼 부끄러워진 가슴을 진탕시킨다.

― 그리움의 정설

당신이 목 빠지게 그리운 날에는 진한 커피를 마신다.
쓴맛이 진할수록 냉정해지기 때문이다.
보고 싶다는 것도 일테면 이성을 놓친 과장된 감정의 외침이다.
아무것도 하지 못하는 무기력에 빠져들도록 나를 해체시키는
그리움에 사무치지 않으려면 정신을 차려야 한다.

그런데, 그럴수록 자꾸 마시는 커피가 진해진다.

— 대체로 살 만합니다

딱지가 앉았던 곳에 새살이 돋아났습니다.

딱지가 떨어지고 드러난 속살은 옅은 살색이었다가

주변의 살색과 동화가 되어 갑니다.

상처가 크고 깊을수록 아픔도 깁니다.

아물었다가도 부주의로 관리를 게을리하면

다시 터져 생경한 고통을 주기도 합니다.

같은 곳에 재발한 상처지만 고통은 같지 않기 때문입니다.

그러나 처방전에 적힌 대로 약을 먹고 바르기를 지켜 가면

부기가 가라앉고 통증이 옅어지게 되어 있습니다.

마음에 난 상처도 다르지 않습니다.

시간과 잘 어울려 다독이다 보면 딱지가 앉고 떨어질 것입니다.

상처의 범위에 따라 다를 테지만

시간만큼 잘 먹히는 명약은 없습니다.

잊히지 않은 채 불쑥 생각이나 속을 상하게 하기도 하겠지만

일부러 기억을 소환해 내 아파하지는 않게 되었습니다.

이별로 절개된 마음의 살이 단단해졌나 봅니다.

이제 대체로 살 만합니다.

─ 눈물이 기뻤다

바람 소리에 물기가 묻어 서걱거린다고 울었다.
이슬이 맺혀 증발되지 않고 있다고 눈물이 났다.

앞뒤가 맞지 않으면 어떤가, 공연히 나는 눈물이 있다.
이유 없이 울지 말라는 법이 없지 않은가.

좋으면 좋아서, 슬프면 서러워서 울어도 된다.
눈물이 나는 것이 기꺼워서 더 울었다.

떠나려는 너를 기어이 보내 주면서
돌아올 수 있는 길을 열어 놓는 것처럼
헐렁해지고 있는 이별이 벅찼다.

너를 배웅해 버린 이후에
느린 우체통에서 발송되지 않고 있는
편지 겉봉에 새빨갛게 써 놓았다.

"너를 생각할 때마다 솟아나는
눈물이 기뻤다고."

─ 안녕! 가을!

한 걸음 더 가슴 앞으로 다가왔습니다. 시작할 때부터 잘 맞이해 함께 엉키다 서운함이 없이 보내 주겠다고 약속을 했습니다. 되풀이되는 만남과 이별은 숙명입니다. 삶의 시간 동안 유지해 온 나의 참됨과 헛됨을 가장 잘 알고 있을 것입니다. 가볍게 손 인사를 하고 시작하지만 헤어질 때가 되면 깊은 눈인사를 해야 하는 반복이었습니다. 붉은 애기 단풍나무 아래서 한나절 인생의 허무함을 이야기하다가도 참이슬 병을 따 놓은 허름한 생선구이와 무침집 원형 스테인리스 테이블에 앉아서는 유쾌한 얼큰함에 허세를 부리기도 했습니다. 바람이 스산해지면 옷깃을 세워 주기도 했고 때마침 오는 빗소리를 위해 귀를 열어 주기도 했습니다. 단풍이 아름다움을 떨어뜨리고 나목이 되면 아쉬운 이별을 준비해야 한다는 것을 서로 알고 있어서 공유하고 있는 공간을 한사코 벗어나려 하지 않았습니다.

잠시 머물렀다 가는 귀한 손님을 맞듯이 가을을 맞이한 지 한참이 지나가고 있습니다. 놓아주기 싫은 연인인지도 모르겠습니다. 때가 되면 다시 돌아오겠지만 부재의 기간은 허전합니다. 나에게 가을은 무게가 늘어난 마음을 비우는 시간이기 때문입니다.

안녕! 가을!
이번에 함께 있는 동안은 아픈 것은 덮어 주고 밀어 내야 할 것들은 있는 힘 다해 몰아내게 응원해 주길 바라. 무엇보다도 나에게 최선을 다해 잘해 주도록 나를 채근해 주면 좋겠어. 나에게 잘해 주는 방법을 잊고 살아야 할 날들을 더는 용서할 수가 없을 것 같아. 나에게 전부는 나였다는 것을 새기는 시간이면 싶어.

― 별에게

그대를 사랑하게 되면서부터
줄곧 빛나는 것에 예민하게 반응을 하는
버리지 못할 습관이 생겼네요.

그대를 그리워하면서부터
낮이든 밤이든 별이 어디에 있는지 가늠하는 것이
변하지 않을 태도가 되었네요.

그대를 바라보는 것뿐인데도
보이지 않다가도 무한히 빛나는 별들이
유성처럼 눈 속으로 쏟아지네요.

반짝이며 살 수 있는 미묘한 나라가
그대라는 별에서라야 가능해져서 그래요.

─ 그래 그렇게 그냥

널 사랑하는 것만큼은 내 맘대로 하자.
눈치 보는 일 없으면 좋겠다.
이것저것 따져서 널 받아들여야 한다면
수식어가 필요 없어야 할 사랑마저 미친 짓이다.
내가 널 사랑한다는 말이 받아들여진다면
짙푸른 격포 바다가 매몰되고
샛노란 김제 평야가 불타고
절정에 오른 단풍을 품은 내장산이 무너져도 괜찮겠다.
사랑은 내가 생각한 대로 하고 싶다.
배불러도 라면을 끓여 한두 젓가락만 먹고
소주를 따 한 잔도 마시지 못하고 버려도
비난받고 싶지 않다.
널 사랑하는 오늘이든 내일이든
내가 살아 있기만 하다면 미치게 좋은 날이다.

─ 정동진 연가

왜, 정동진에 오면 가슴이 차오르기만 할까.
왜, 정동진 바다에 오면 가슴이 진탕되기만 할까.

해가 떠오르기만 하고 지는지는 알 수 없어서일까.
그대 얼굴이 수평선 위로 올라왔다 내 가슴속 바다을 가득 채운다.

정동진엔 파랑같이 울렁이는 그대가 바다를 지키고 있어서
와서는 기어이 돌아가야 하지만 오고 또 오게 된다.

── 절정기

소란을 질러 대는 낡은 창틀의 뒤틀림 소리에
까무룩 정신을 놓았다 챙겼다 하다가
곤한 아침을 맞이합니다.
더위가 맹폭인 팔월의 하루가 또 기지개를 켜고 있습니다.
밤사이 혼란한 잠결로 소원해졌던 얼굴들이
빗속을 뚫고 찾아왔다 어색한 안부를 묻고
떠나가기를 반복했습니다.
얼굴을 찌푸리기도 하고 환하게 웃기도 했습니다.
소식을 전하지 않은 지 꽤 지체한 시간들이
빗줄기처럼 무의식을 사선으로 파고들었던 듯합니다.
찬물로 세수를 하다 마주한 거울 속의 얼굴이 낯섭니다.
오래도록 안면을 살피지 않았습니다.
잔물결 같은 주름이 전체에 골고루 퍼져 있습니다.
시간을 찍어 놓은 듯 기미들이 세세히 박혀 있습니다.
입추가 지나야 여름이 절정이듯
생의 반나절이 꺾인 완숙한 절정이
얼굴에 절경을 새겨 놓은 것입니다.

— 소나기처럼

약하지 않도록 하겠습니다.
얕게 간 보지 않겠습니다.
돌아가는 일이 없을 것입니다.
직선으로 꽂힐 것입니다.

전부를 쏟아 내겠습니다.
그런 후에도 스며들지 못한다면
미련 없이 물러나야겠지요.
할 수 있음을 다하면 후련할 테니까요.

먹구름 깊이 숨어서 기다리다가
그대의 낯익은 기운을 감지하자마자
퍼붓기 시작하는 소나기처럼
사력을 다해 다가가고 있습니다.

─ 간헐적 소식

고개를 말아 앞다리 사이에 머리를 묻고 있는
길냥이의 잠 속으로 빨려 들어갈 듯합니다.
작은 입을 옹송그려 벌리며 간간이 하품을 하지만
눈을 떠 잠에서 빠져나오고 싶지는 않나 봅니다.
햇볕 강렬한 오후 란타나 화분이 놓인
주택가 계단에 그늘처럼 나른함이 퍼지고 있습니다.
고양이가 토해 놓는 새근거림의 숨소리가
나에게도 전염이 되나 봅니다.
솜구름이 멀리에서 가지고 온 소식이 있다는 듯
전령처럼 산 그림자 꼭대기에 멈추었습니다.
가슴이 뛰지 않게 숨을 고르며 손을 뻗어
그대가 보내온 언어들을 잡아 내립니다.
읽으면 소식이 사라질까 봐
입만 벙긋거리며 눈을 뜨지 못하겠습니다.
간헐적인 낮잠 속으로만 그대가 오고 있어서
고양이 잠으로 잠을 자고는 합니다.

4장

첫눈에
반했습니다

─ 심폐 소생술

생각할 때마다 너는 달라진다.
두근거림이 변하지 않는다는 것을 빼고 나면
지난 시간을 함께했던 너도,
지금 옆을 지키고 있는 너도,
내일을 함께하고 싶은 너도 생경하다.
그러니 매일 너를 생각하는 즐거움은
절대로 포기할 수 없는 유혹이다.
가슴이 한증막처럼 뜨거워진다.
머릿속이 애드벌룬같이 부풀어 오른다.
너를 위해서라면 마음을 아낌없이 쓰고 살아야겠다.
너에게만은 한 가지도 아픔이 끼어들지 않도록
상심을 걸러 내는 마음 정화기를 돌려야겠다.
너를 생각할 때마다 삶을 대하는
나의 태도가 달라지고 있기 때문이다.
너에게서 오는 유쾌한 에너지가
고됨을 튕겨 내고 활력으로 충전시킨다.
매일 너를 생각하는 방법으로
삶을 새롭게 살아갈 심폐 소생술을 한다.

─ 첫눈에 반했습니다

살갗에 소름이 돋아나는 것을
눈으로 보면서도 믿을 수가 없었습니다.
오돌오돌 일어나는 땀구멍들이
부끄러운지 슬며시 붉어졌을 겁니다.
사랑을 일으키는 감정은 찰나라는 지점에서
일어난다는 것을 믿게 되었습니다.
여러 사람을 만나 보고 헤어짐을 반복하며
많은 시간을 들일 필요가 없겠다는,
조건을 맞추고 갖음과 없음의 저울추를
당연한 듯 가늠하는 부질없음을
당신을 보는 절대로 짧지 않은 순간에
우주의 진리를 발견해 내듯 모두 깨달아야 했습니다.
무척 많은 날을 당신을 만나기 위해
실체 없이 그리워하며 살았나 봅니다.
당신을 만나기 전까지는 근원이 없는
기다림이라고 생각을 했던 것 같습니다.
그러나 그 모든 애태움은 예감처럼
그날의 한순간에 쏠려 있었던 것이었습니다.
보자마자 외롭다고 불태우며 지내야 했던
전부의 날이 사라지고 말았습니다.
운명인 듯 숙명처럼 첫눈에 반해 버리고 말았습니다.

── 유일한 그대에게

살아온 시간이 다르고 살아갈 시간도
역시 다를지 모르겠습니다.
생을 감당해야 할 무거움의 강약이
같지 않았다는 것도 마찬가지입니다.
그러나 마음이 이어지고부터 그대와 나의 세계가
융합되고 있음을 스스럼없이 받아들이고 있습니다.
서로의 시간을 공유하면서
다름이 거리를 좁혀 가는 중입니다.
완전히 이해할 수 있다고 자신하지는 못하겠습니다.
타고난 생김새와 독특한 유전자가 발산하는 성격이
애초부터 같아질 수는 없기 때문입니다.
이해하고 다가가려는 노력으로 대신하겠습니다.
그대라는 유일함의 존재를 나의 유일함이
사랑하지 않을 수 없게 되었습니다.
그대라는 세계로 들어가는 데 서슴없어졌습니다.

─ 단팥빵 네 개

우리 동네 근린 상가 옆 골목 허름한 빵집에서는 골라 담아 빵 네 개에 이천 원으로 행복을 베푼다. 십오 미터 옆에는 유명 프랜차이즈 빵가게가 성황 중이고 그 맞은편엔 화려한 아이스케이크 간판이 번쩍이지만 나는 상호도 없는 네 개 빵집이 좋다. 그곳에서 풍겨 나오는 사람 냄새가 좋다. 쟁반을 들고 보기 좋게 진열장에서 멋을 부리고 있는 빵을 골라 담는 것보다 이거, 저거 하고 짚어 주면 비닐봉지에 골라 담아 주는 주인의 손 냄새가 배어 있는 빵이 더 좋다. 비싼 맛보다 싼 맛의 정성이 입맛을 달군다. 나의 최애 빵은 단연 단팥빵이다. 꽈배기보다 슈크림빵이나 초코케이크보다 검붉은 팥이 듬뿍 속이 된 단팥빵이 싸구려 같은 삶을 액땜해 준다. 붉은색이 잡귀를 쫓아 준다는 팥의 권능이 한몫했음을 부정하지 않는다. 단팥빵 네 개에 이천 원, 가벼운 주머니를 탈탈 털어 사서 봉지를 건들거리며 집으로 향하는 행복이 즐겁다. 팥 앙꼬처럼 달달해진다. 아침에 눈을 비비고 뜨면 명상을 하듯 오늘을 안전하도록 살아갈 설계를 하며 단맛이 나는 빵을 곁들여 모닝커피를 마신다. 커피의 쓴맛을 팥고물이 중화해 준다. 아침 배가 부르면 살맛이 난다. 싸서라기보다는 사람의 정을 아껴 먹을 필요가 없어 좋다. 우리 동네 옆 골목 모퉁이엔 행복을 골라 담는 빵 네 개에 이천 원 빵집이 사람 냄새를 뿜어 대며 살고 있다.

― 천사백사십 분

지나치고 싶진 않았습니다.
몰랐다는 변명은 최악의 무심함이 되고 말지요.

보고도 못 본 척할 수 없었습니다.
건성건성 대해 왔다는 고백을 하는 것과 같지요.

사실은 언제나 나의 천사백사십 분의
모든 신경 세포가 포화 상태였습니다.
스치기만 해도 가시털을 세우는 고슴도치처럼
팽팽하게 긴장되어 지내야 했습니다.

그대가 어디로 가고 있는지, 어디를 바라보고 있는지.
사각이 없는 감각의 지느러미를 세워야 했습니다.

지나친 몰입이 과하지 않았습니다.
내가 살아갈 세상은 그대로부터 시작하기 때문이니까요.

─ 사랑 수선공

사람이나 물건이나 함께 살아가야 할 동안에는

고치지 못할 것이 없었으면 좋겠습니다.

탈이 나면 진맥을 하고 빠른 처방을 내려 줘야 합니다.

약만으로 부족하다면 주사를 놓아 주고

물리 치료도 병행해 주면 더 좋겠지요.

그러나 병이 생기면 원래대로 치료가 되지를 않습니다.

아무리 뛰어난 의사의 보살핌이 있어도

최첨단 의료기의 도움을 받는다 해도

훈장처럼 몸과 마음속에 새겨질 후유증을 모면하지는 못합니다.

물건이라고 다르지 않을 것입니다.

부러진 곳을 잇고 색을 입히고 광택을 낸다 하여도

완전하게 원래의 모습으로 돌아갔다고 할 수 없습니다.

하지만 상처를 방치한다면 생명체는

생을 지속하지 못할 지경에 처하게 됩니다.

생명이 없는 것들은 쓸모를 잃어버리게 됩니다.

사랑도 수선이 필요하기는 마찬가지입니다.

빈틈이 생기면 틈을 메워야 합니다.

감정의 골이 깊어져 미움이 서로를 향해 습격을 가하면

마음과 마음을 잇는 다리를 건설해 줘야 합니다.

돌보지 않고도 스스로 지속되는 사랑을 기대하면 안 됩니다.

흠이 난 사람과 사람, 사람과 물건을
다시 사랑하도록 고치는 수선공이고 싶습니다.

― 지금 사랑해야 할 사람을 추천합니다

바로 지금의 시간을 곁에서
함께해 주는 사람을 사랑해야 합니다.
멀리 있거나 그립기만 한 사람을
애태우며 사랑해 봐야 괴로움만 커집니다.
이룰 수 없는 사랑은 사랑이 아니라 집착일 뿐이며
만져지지 않는 사랑은 스토킹에 지나지 않습니다.
곁에 있는 사람이 이미 이루어진 최고의 사랑입니다.
가벼운 숨소리에도 반응을 해 주고
찬 손을 따뜻하게 잡아 주는 사람을 사랑하기를 추천합니다.
나의 시간과 그의 시간이 동일하게 어깨를 나란히 하고 있는
지금을 공유하는 사람만이 참된 사랑입니다.
사랑은 원함을 이루기 위해 기대하는 것이 아니라
있는 대로의 지금을 서로에게 기대는 것입니다.

─ 선택

왜, 그랬냐고 묻지 않았으면 합니다.

그때는 그 수밖에는 달리 선택할 방법이 없었을 겁니다.

이제 어쩔 거냐고 다그치지 않으면 좋겠습니다.

지금이라고 그때와 다른 방식으로 접근할 도리가 없습니다.

속절없다는 핑계가 지독히도 견고해졌습니다.

사람을 만나고 헤어짐도 선택입니다.

잘했냐 못했냐는 심장에 새겨진 흔적으로 가늠해야 합니다.

외롭다는 단어를 입 밖으로 내놓는 너스레를 잊어버린

지금의 순간에서 헤엄쳐 나올 생각은 추호도 없습니다.

뜨거운 국물에 입천장을 데다가도,

지나가는 사람들의 웃음소리에 멍들다가도

걷어 내 버린 사람들을 지우며 씁쓸했던 시간으로 돌아갈 수는 없습니다.

그대에게서 발산되는 은근한 온도에 중독된 이후로

결리기만 하던 마음의 푸념들이 사라졌습니다.

왜, 사랑을 다시 믿게 되었냐는 의혹 어린 표정으로 접근하는 호기심은

슬픔을 이 물고 참기만 했던 나에게 불공정한 질문입니다.

그대의 손을 잡게 된 이전과 이후의 그때가 선택의 절정이었습니다.

─ 햇살 주렴

눈이 소복하게 내린 휴일 오전,
한가롭게 창밖에 늘어선 햇살 주렴을
손바닥으로 거두며 봄을 기대하고 있다.
봄나물은 이미 꽃을 피웠다는 소식을 받았고
앞길이 바쁜 홍매화의 개화는
한참이나 전에 알고 있었다.
우수가 지났지만 바람이 품고 있는
냉기의 강도는 좀처럼 줄어들지 않고
눈 날림의 시간이 겨울의 끝을 잇고 있다.
그러나 휴애리에서는 이미 매화꽃 축제가 시작되었고
산비탈 햇살이 드는 곳에서는 노란 복수초가
눈을 밀어 내고 피어 있음을
봄을 기대하는 우리는 직감으로 알고 있다.
햇살의 발이 주렴처럼 내리며
봄을 눈살 주름 밑까지 데리고 온 날에는
너에게로 가서 햇발 주렴처럼
화사한 봄꽃으로 피고 싶다.

─ 파도에 꽃을 올리다

영하의 바람이 그다지 오랫동안
맹추위로 남아 있으려 하지는 않는 것 같습니다.
반짝이는 수면 위를 날아다니며 살가워진 바람이
봄의 기운을 육지로 몰아오고 있습니다.
때가 되면 올 것이라고 무심한 척하지만
사실은 기다림이 간절해 눈두덩에 멍이 들었습니다.
바람의 결에 온기가 실리는 날이 많아지면서
그대를 향해 몸을 향해 있는 시간이 길어지고 있습니다.
어디에서 다가오든지, 어떤 모습으로 보여 오든지
그대와 대면하는 첫 순간을 놓치는 것은 싫기 때문입니다.
짠 내를 밀어 올리며 잔파도들이 끊임없이
모래톱을 만들고 있는 가마미 해변에서 그대여!
올 때가 되었다고, 어서 오라고 재촉을 합니다.
그리움이 깊어진 이마에 달라붙은 2월의 봄소식을 끌어모아
파도 끝에 봄까치꽃 몇 개 올려 봄의 개화를 알립니다.

― 닮다

마음이 붙으면 닮아 가나 봅니다.
모르던 사람에게 끌려 알게 되면서
닫혀 있던 마음에 균열이 가게 됩니다.
그가 나에게 보여 주는 눈짓, 몸짓, 마음 짓이
갈라진 틈을 비집고 의미를 담아 들어옵니다.
어느 순간부터 말을 따라 하게 되고
손짓에 저절로 반응을 시작합니다.
모름이 앎이 되는 시간을 넘어서
마음의 간격이 사라지고 말았습니다.
그의 표정이 좋아져 같은 얼굴을 하려 하고 있습니다.
그의 어투가 사랑스러워 애교를 부리고 있습니다.
틈이 트임이 되면서 이어진 마음 끈이 헐거워질까
두려워하는 겁보가 되고 말았습니다.
나의 세계에 그를 품은 이후부터
살아 있는 내내 그가 내민 마음을
닮고 싶어지는 것은 순식간입니다.

─ 그라비올라

이파리에 햇살이 크고 있습니다.
수성을 지나 금성에서 머물다
지구상의 어느 곳, 창을 뚫고 들어온 빛을
그대로 품어 내고 있습니다.
함께 살아온 시간이 이십 년 남짓,
서로에 대한 간절함이 가늠이 안 됩니다.
사람과 사람의 사랑에 있는 장애물이 없습니다.
한순간도 소홀하질 않았습니다.
물을 주고 반짝이는 윤기를 닦아 주며
체온을 삼투시키는 것이
우리의 단절될 수 없는 사랑이었습니다.
햇살처럼 반짝이는 이파리를 보며
부쩍 위로를 받습니다.

나도 너에게 이렇다고 알려 주고 싶습니다.

일상의 기도

그대는 절대 아프지 마요.

잔재채기만 하더라도 가슴이 철렁하네요.

자꾸만 떠나가는 사람들이 생겨나서

기댈 수 없는 그리움이 늘어 가요.

그대에게는 티끌만 한 아픔도 없기를 기도할게요.

나보다 먼저 다른 세계로 보내 주어야 할 사람이

없어야 한다고 손을 모으며 조심스럽게 살고 있어요.

그대가 내가 살아갈 전부의 세상이 되고 나서부터

맞이하고 있는 하루하루의 시간이

얼마나 소중한지 말로는 흉내 내지 못하겠어요.

기분이 상해서 마음 쓸 일이 없기를 바라요.

평정심을 흔들어 눈가가 젖는 일이 없게 할게요.

신맛, 쓴맛은 내가 먼저 맛볼 거예요.

내가 누리고 있는 모든 시간의 기준은 그대이니까요.

── 눈병

당신의 곁을 비워야 하는 시간은
아무리 짧아도 지루합니다.

무게를 이기지 못하고 지면을 향해 쉬지 않고 내려오는
짙은 안개를 헤치고 가는 것처럼 답답합니다.

눈이 퉁퉁 부르텄습니다.
속눈썹이 눈자위를 찔러 댑니다.
실핏줄이 그물처럼 엉겨 눈동자를 가두고 있습니다.

눈두덩에 연고를 바르고 안약을 번갈아 넣어 보지만
손을 뻗으면 닿지 않는 거리에 있어야 하는 날이 하루라도 더할수록
당신을 보지 않고는 약발이 서지 않습니다.

― 꽃보다 네가 예쁜 이유

항상 곁에 있기 때문이다.
언제나 나를 웃게 만들어 주기 때문이다.
나바라기로 살기를 한결같이 해 주기 때문이다.
만 가지 이유를 끌어들일 필요가 없다.
영원히 지지 않을 예쁨을 가진 꽃은
나에겐 너뿐이기 때문이다.

― 특보입니다

십일월의 어느 날, 예년에 견주어
빠르지도 느리지도 않게
무주와 장수와 진안에 대설 특보가
발효되었다는 소식을 전합니다.
서해에서 발원한 눈구름이 강한 바람을 타고
노령산맥을 넘어갔나 봅니다.
강릉 인근에는 강풍 주의보가 동시에 발령되었답니다.
서울엔 한파 주의보가 내려져
옷차림을 두껍게 하라고 날씨를 예보합니다.
같은 날, 같은 시간에 발효되는 날씨가
여러 곳에서 다른 성질을 부립니다.
서랍 옷장에 개켜 두었던 머플러를 꺼내 목에 두릅니다.
낄까 말까 망설여지는 가죽 장갑은
외투 주머니에 찔러 넣습니다.
방한을 위한 준비물은 예기치 못할 상황을 위해서
없는 것보다는 있는 것이 옳습니다.
한기에 노출되지 않도록 마음을 단단히 방한복 속에 가둡니다.
그대를 향해 치솟기만 하는 열병에 타들어 가고 있는 나를
날씨 특보가 얼려 버릴까 두렵기 때문입니다.
무참히 휩쓸려 들어갈수록 먹먹한
그대의 유일함이 나에겐 특보입니다.

― 살가워질게요

살갑자를 살이 가깝자로 읽고 싶습니다.
사람과 사람은 맨살이 닿을 거리에 있어야
관계의 밀도가 높아집니다.
정이 깊어지고 사랑이 불붙습니다.
거리낌 없는 우호감이 생겨납니다.
당신과의 거리는 언제나 팔을 뻗으면
손이 맞닿는 거리면 좋겠습니다.
어깨를 둘러 안을 수 있도록 가까이면 더 좋을 겁니다.
살이 닿아야 체온을 나누며 따뜻해질 거니까요.
표정을 감추려 애쓰는 무뚝뚝함을 버릴게요.
당신의 이름을 부를 때마다
안면에 미소가 부끄럽게 번져요.
살가워진 마음을 주체하지 않을게요.
당신의 이름이 내가 살아갈 세상이니까요.

─ 기다리는 동안 1

지치지 않기 위해 호흡을 길게 합니다.

서늘한 기운을 두른 바람에 밀리지 않기 위하여

두툼한 옷을 입었습니다.

손 시리지 말라고, 귓불이 얼지 말라고

당신을 기다리는 동안에는 마음 난로가 저절로 지펴집니다.

만나야 할 시간이 훌쩍 지난 채로 비어 있는 자리에

우리가 나누었던 말들을 깔아 놓았습니다.

나뭇잎같이 붉어진 얼굴로 올 당신에게

내가 품고 있는 기억들을 끌어모아 온기를 내놓았습니다.

늦어도 탓할 생각은 없습니다.

언제나 내가 맡아 놓은 옆자리를 향해서

오고 있는 마음 걸음을 늦추지 않고 있다고 믿기 때문입니다.

조급해지지 않으려고 먼 하늘을 자주 쳐다봅니다.

내가 앉아 있는 의자를 향해 알림판을 세우듯

조각구름들을 공간에서 빌려 징검다리로 놓아두었습니다.

기다리는 동안에도 끊임없이 그리움은

들끓고 있다는 것을 들키고 싶습니다.

바람의 방향이 바뀌기 시작했습니다.

남풍은 동쪽으로 비껴가고

북풍이 서쪽을 밀고 들어와 남으로 길을 뚫어 냅니다.

십일월이기 때문입니다.

가만히 의자에 앉아 있기만 할 수가 없어졌습니다.

물을 끓이고 온풍기를 켭니다.

코끝이 맑아져 들어올 당신을 맞을 차비를 하는 겁니다.

여태까지는 누구에게도 이토록 마음이 서둘러지지 않았습니다.

움직임을 멈추고 바람의 흐름을 따라

상념에 빠지는 것이 익숙한 날들을 살았습니다.

당신에 대한 나의 간절함을 깨달으면서

마음가짐이 서툴러져 안달이 나고 말았습니다.

바람이 나와 당신 사이의 공기를 얼려

만남을 더 오래 지체시키더라도

나의 기다림은 바빠질 거니까요.

— 오늘

모든 오늘은 너로 시작하기로 했다.
너를 바로 볼 수 있는 날은
모두가 오늘이기로 했다.
지나가고 있는 지금의 하루 한나절 한 시간이 오늘이듯
네가 있기만 하다면 오고 있는 날이
나에겐 모두가 첫날의 오늘이다.

― 시월의 한파 주의보

시월의 한파 주의보가 내려진 날의 아침을 맞으며

발목이 이상 반응을 일으킵니다.

찌릿함이 미묘한 통증으로 심장 언저리까지 전달이 됩니다.

가을이 문턱에 걸리자마자 덜컥 겨울의 문이 열려 버렸습니다.

두꺼운 외투를 꺼내 몸에 끼우며

곱게 단풍이 들고 싶었으나 푸름을 간직한 채

서리를 맞은 나뭇잎과 같은 처지가 됩니다.

급강하하는 기온의 변화에 신체 기능이

적응을 완전하게 해내지 못하면 고장이 날 수밖에 없습니다.

삐거덕거림이 없는 몸의 정상 기능을 서로에게 살펴 주며

떨어지지 않을 거리를 유지한 채

당신의 보폭에 맞춰 오래 걸으며 살고 싶습니다.

─ 약점

나의 약점은 오직 당신이다.

결단코 이기고 싶지도 않다.

당신을 스치며 지나가는 기류가 바뀌는 순간에

포착되는 표정의 미묘한 변화에도

내 전신의 모든 세포가 민감하게 반응을 한다.

내가 감당하고 있는 유일한 약점을

즐겁게 불평을 하는 시간이 행복이 되었다.

약점이 없는 사람은 사랑이 진심일 리 없다.

한 사람에게만 지고

한 사람을 위해서만 약해지는

용감한 사랑을 체포한 수갑이 풀리지 않는다.

당신만이 나를 풀어 줄 열쇠다.

― 그대는 습관이다

일부러 날을 잡고 시간을 약속해야 할 사이는 아니게 되었다.

그러나 그대에게서 비롯되는 사소한 어떤 왜곡도 적응해 내고 싶지는
않다.

눈에 보이지 않으면 생의 일부분이 빠져 있는 듯 정서가 불안정해진다.

팔을 뻗어 닿는 곳에 있지 않으면 공간이 일그러져 기형적인 장소가
되어 버린다.

아침에 눈을 뜨자마자 뜨거운 커피를 마셔야 잠에서 깨는 것처럼

그대라는 있음이 나를 살아가게 하는 익숙한 습관이다.

─ 고양이 걸음으로 가도 될까요!

잔파도가 모래 속으로 밀려들어 가고 있는 밤바다였음 좋겠습니다. 스며들려 할수록 깊숙하게 빨아들여 주는 품속 같아서 끝도 없이 잘게 출렁여도 어둠에 가려 들키지 않는 물결이고 싶으니까요. 그러면 용기를 내 조금 속도를 내 보기에 충분해질 겁니다. 눈을 뜨지 못하도록 밝지 않은 연한 달빛이 파도 소리에 부서진다면 잔잔히 마음을 이동시키기엔 더할 나위가 없겠습니다. 달빛을 한 움큼 모아 내밀면 눈빛 속으로 빨려 들어가고 말 것 같으니까요. 말로 확인하려 하지 마세요. 나라는 사람은 말하는 것보다는 마음의 밝기로 감정을 전하는 것이 능숙합니다. 눈을 감아 봐요. 물살이 다른 물살과 살을 비비는 소리가 귓가로 파고들지 않는지. 처음과 끝이 이어진 달빛이 눈두덩에 내려와 닿아 있지는 않은지. 자, 바로 느껴 보세요. 그 고요한 속삭임이 내가 보여 주고 싶어 숨겨 놓고 있는 마음이지요. 서둘지 않을게요. 느리더라도 빠뜨림이 없이 마음을 꽉 채워 가지고 가고 싶습니다. 이렇게 내가 품고 있는 사랑을 세심하게 살피며 고양이 걸음으로 조심스럽게 당신의 영역으로 걸어 들어가도 될까요!

― 말대답

언제까지 사랑할 거냐는
뻔한 질문에
기한이 없다는
뻔한 답을 할밖에.

얼마만큼 사랑하고 있냐는
답이 정해진 물음에
한도가 정량적이지 못하다고
질색하며 대답할 수밖에.

시간이 더해 갈수록
질기고 깊어진다고.
지금 보고 내일 볼 수 있다지만
보고픔의 여운이 가시질 않는다고.

사랑의 정도를 묻는 너의 손을 다독이며
야릇하게 나오는 나의 말대답은
언제까지일지, 얼마만큼일지
알지 못할 수밖에.

― 살맛

너를 사랑하는 것이 세상에서 제일 큰
죄라 해도 즐거운 감옥이다.

너를 사랑해도 되는 것만이 살 수 있는
유일한 방법이라 해도 예방 없음을 탓하지 않겠다.

너를 위해 숨을 쉬고
너를 위해 목이 타는
내가 익숙해져서 살맛이 난다.

── 너를 위한 밤

꿈이 불길한 밤에는 자주 잠에서 깨게 됩니다.
일어나 찬물 한 컵으로 섬뜩한 기운을 누르고
다시 잠에 빠져들지만 여전하게 같은 꿈이
연속극처럼 이어집니다.
너를 만난 이후로 단절했던 세상과 연결 고리를 잇고
담담하게 살아갈 수 있도록 마음을 다잡았습니다.
되풀이되는 이별의 상처는 아물리지 않고
다물어지지 않는 어긋난 관계의 증폭들을
혼자서 감당하는 것이 무리였음을 알려 주었기 때문입니다.
나에게서 발산하는 불온한 기색이 너에게 닿지 않도록,
그리하여 평범한 일상에 거품이 일지 않기를
기도하는 것이 잠들기 전 습관으로 붙었습니다.
그럼에도 너의 숨소리가 거칠어지기라도 하면,
너의 잠 짓이 불편하게 바스락거리기만 해도
나의 마음 졸임이 다급해져 잡고 있는
너의 손을 놓을 수가 없습니다.
내가 감수하며 눌러 놨던 진득한 아픔들이 전이될까 두려워
꿈이 어수선할 거라 평가 절하합니다.
나의 밤은 완전하게 너의 평온을 위해 보초를 서 있습니다.

― 행복의 단면

아침에 너를 보고 나와서
저녁에 다시 너를 볼 수 있다는 것.

깊이 생각하지 않고도,
따로 고민할 필요도 없이

오늘 너의 곁에 있는 것처럼
항상 도래할 내일도 너의 곁에 있다는 것.

머뭇거림이 없이
흔들림이 없이.

5장

평범한
내가 좋다

─ 새끼손톱을 깎으며

필요를 다하면 깎아 내야 한다.
지니고 있을수록 거부감을 준다.
몸의 일부였지만 이어진 다른 부위를
거추장스럽게 한다면 필요를 다했다는 것이다.
끌어안고 있을수록 불편해진다.
떨어내기 아깝더라도 덜어 내야 뒷날이 깔끔해진다.
품고 있는 감정을 모두 쏟아부어야
마음에 닿을 수 있다고 믿었다.
줄 수 있을 때 다 주어야 나에게
익숙해질 거라고 철석같이 믿었다.
그러나 나 아닌 다른 이에게 닿는다는 것은
서로의 교감이 먼저 이어져야 한다는 것을 간과했나 보다.
다가가려 애쓸수록 거부를 당하는 일이 익숙해지지 않는다.
부끄럼이 시간의 곳곳에 숨어든다.
원하지 않는 부름에 응해야 하는 것처럼
속이 더부룩해지는 날을 수용하며 간절함이 까실거린다.
잘 쓰지 않던 새끼손톱의 길이가
나를 향해 상처를 낼 것처럼 날이 서 있다.
거추장스러운 기억을 끊어 내듯
손가락에서 분리해야겠다.

나를 돌봐 주는 쉽지 않은 출발은

사소한 불편으로부터 멀어지는 것부터다.

― 마음 근육

    다음으로 미룸이 습관성입니다. 일주일을 넘기고 있는 목 안의 이물감이 불쾌감을 주고 있습니다. 아침에 양치를 하며 답답한 목 상태의 가래를 뱉어 내면서는 오늘은 꼭 병원에 가야지 하다가도 증상이 조금 누그러지면 괜찮아지고 있으니 내일 가도 상관이 없겠구나 하고 스스로 진단을 내리곤 합니다. 시간을 일부러 내 설마 큰 병이나 걸리지 않았을까 걱정을 하며 진료를 기다려야 하는 병원의 긴 대기가 귀찮기도 해서입니다. 어쩌면 두려움이 더 미룸을 재촉해서일 겁니다. 막상 생각한 대로 역류성 식도염 증상이라는 진단이 의사를 통해 떨어지면 허탈하기도 할 것입니다. 그렇게 괜한 무서움을 회피하며 엄살을 부리며 투정하고 있습니다. 누구라도 나의 불편함을 알아주고 다독여 주길 기대하며 나는 나에게 게으름을 피우고 있는 것입니다. 관심을 받고 싶은 것입니다. 아프다는 핑계가 애정을 받기에는 최고의 상태이니까요. 그래도 상태가 더 진행되지 않도록 오늘은 이비인후과를 방문해야겠습니다. 관심을 받는 것도 좋지만 몸이 상하지 않는 것이 우선이니까요. 가을이 다가오니 마음 근육이 느슨해졌나 봅니다. 뜨거운 여름 동안 마음을 담금질하며 단단하게 단련하고 있어서 허전함의 침투를 잘 막아 줄 것이라 믿었지만 실상 근육이 풀리고 있었나 봅니다.

― 50원을 줍다

직장 동료들과 잘 살아야 한다고 술잔을 채워 주면서도
서로의 허물을 지적질하는 주정이 늘어진다.
덕담을 불만으로 빗대는 즐거운 모순이 때론 유쾌한 법이다.
주고받은 말들이 얼큰해진 저녁 아홉 시,
집으로 가는 아스팔트 위에
납작 엎드려 있는 오십 원짜리 동전이 보였다.
하찮은 금액이어서 아무도 집어 가지 않았던 것일까.
오며 가는 인적이 많은 대로변에서
주인을 찾지 못하고 버젓이 방치되어 있었다.
평범해서 눈에 띄지 않는 삶이 좋다고
입바른 소리를 해 대지만 사실은 관심을 받고 싶은
속내를 신랄하게 불평해 대는 나를 닮았다.
왔던 길과 가야 할 길을 살피다 은빛 작은 동전을 집어 올렸다.
순간 은색으로 반짝이는 같잖은 양심이 발동하는 것이었다.
호주머니에 넣기도 그렇고 다시 바닥에 던져 버리기도 그렇고
어찌해야 하나, 괜히 집어 들었다는 생각에
보는 사람이 없나 주변을 두리번거렸다.
내 삶의 가치가 이렇지 않나.
이러지도 저러지도 선뜻 택하지 못한 채
두리뭉실 뭉개며 버티고 사는 것이 편해져 버린
애매한 오십 원의 인생이었던가.

─ 평범한 내가 좋다

화만 내지는 않지만 화도 잘 낸다.

가끔은 쌍소리를 하는 것도 즐겁다.

시무룩해지는 날이 뜬금없이 찾아온다.

날이 궂으면 외로움을 타고 허기가 진다.

뉴스를 읽다 마우스 드래그를 멈출 때면 멍 때리는 중이다.

꽃멍, 불멍, 노을멍, 비멍을 좋아한다.

어쩌면 멍하게 세상을 보는 것이 장점일지 모르겠다.

신경질적이지만 신경 쓸 일이 생기는 것은 싫어한다.

나를 배려해 주는 이에게만 배려를 한다.

받은 만큼만 주고 주는 만큼은 꼭 받아 내야 직성이 풀린다.

실수를 하면 자존감에 상처를 많이 받는다.

이롭지 않은 약속이라도 지키려 애쓴다.

나에게 해를 입힌 사람은 다시 곁을 허락하지 않는다.

익숙하지 않으면 거리를 두는 편이다.

귀찮으면 아무것도 손에 잡으려 하지 않는다.

좋은 건 좋고 싫은 건 무조건 싫다.

누가 흉을 보면 어떤가. 그는 내가 아니다.

이토록 기가 막히게 평범한 내가 나는 좋다.

─ 처럼과 답게

　누구처럼, 무엇처럼 살고 싶다는 말은 그만하기로 한다. 처럼이라고 말끝을 붙이는 것이 나를 스스로 초라하게 만든다. 나 아닌 다른 존재와 비교하는 삶이 된다는 것은 나를 부정하는 것과 같다. 목표이거나 목적으로 세워 추구해 나갈 방향이 될 수 있다고 주장할 수 있을지 모르겠다. 하지만 그것 역시 내가 살아왔고 살아갈 나다움을 인정하지 않는 것이 된다. 나답게 삶을 만들어 가기에 몰두해야겠다. 비교의 대상이 되는 사람이 아닌 존재 자체 그대로가 되는 사람답게, 외부의 요인에 의해 빛을 반사하는 반사체가 아닌 스스로 빛을 발산하는 발광체답게.

　나는 처음부터 오늘까지 처럼일 수 없는 답게의 지고한 존재다.

─ 싸움의 기술

오늘날의 싸움은 날이 시퍼렇게 선 칼을 들고 격렬하게 부딪치는 싸움이 아니다. 총을 들이밀며 목숨을 사냥하는 싸움도 아니다. 상대방을 향해 쏟아 내는 말의 싸움이 전투의 양상이다. 그렇다고 치열함이 없는 것이 아니다. 필승의 다짐이 없는 것도 아니다. 패배하면 더 아프다. 더 큰 상처가 난다. 말이 무기가 된 싸움의 결말은 돌이킬 수 없다. 말의 난타전이 더 무서운 싸움이다.

하지 말아야 할 말을 무섭게 펼쳐 놓고 상대의 반응에 따라 수위를 조절하며 말투의 꼬리를 꼬투리 삼아 전선을 옮겨 다닌다. 잘못을 인정하면 진다. 물러섬은 만신창이가 되는 최악의 전략이 된다. 내가 하는 말의 논리와 상황이 옳고 상대는 무조건 틀려야 한다. 맞지 않는 말일지라도 억지를 부리는 것이 최고의 전술이다. 양보와 타협은 불리할 때나 도입할 수 있는 약자의 비겁함이다. 사과는 하지 말아야 할 최후의 선택이다. 하더라도 더 늦게, 모호하고 두리뭉실하게 해야 한다.

거짓말은 성능이 뛰어난 무기다. 진실처럼 포장을 잘할수록 폭발력이 강하다. 상대를 속이고 기만하는 말을 많이 유행시킬수록 승리에 가까워진다. 전선이 불리해지면 약해 보이는 제삼자를 자극해 전투에 소환시키는 전략은 주적을 소외시켜 싸움의 방향을 엉뚱하게 향하게 하는 적절한 기술이다. 나에게 유리하다면 세대와 세대를 갈라치기하

고, 남과 여의 성 차이를 이간시켜야 한다. 지역과 지역을 충돌시켜야
한다. 사회적 약자와 강자를 완벽하게 분리시켜야 한다. 거짓말의 유
용성이 가장 잘 발휘되는 전쟁터를 만들 수 있기 때문이다.

　싸움의 기술자들이 측근에 많아야 이긴다. 말 고문의 달인이 곳곳에
포진되어 있어야 승자가 된다. 오늘 한 말이 내일 할 말과 달라도 개의
치 않는다. 지금 한 약속이 조금 후의 약속과 반대여도 상관없다. 했던
말도 불리해지면 안 했다고 뻔뻔하게 우겨야 한다. 안 했던 말도 반응
이 좋으면 내가 먼저 했었다고 슬쩍 기세에 올라타야 한다. 들통이 나
더라도 겸연쩍은 척 웃어넘기는 염치만 있으면 된다.

　돌림병처럼 말과 말이 공중전, 수중전, 육박전을 하고 있다. 창피함
은 그런 세상을 바라보는 사람들의 몫이다.

─ 밥 짓는 아침

쌀 씻는 소리가 갯바위에
잔물 들고 나는 것 같다.
들고 남이 없는 삶이 어디 있으랴.
나무에 봄바람이 들어야 꽃이 피고
꽃이 품었던 바람기가 빠져야 열매가 맺힌다.
뜸물이 꽃물 빠지듯 개수대를 흐른다.
반질거리는 쌀알들이 찰지게 엉킬 준비를 마쳤다.
한 끼의 노림수는 사랑일 뿐 더 이상이 없다.
쌀알 구르는 소리가 냄비에 파도처럼 들이친다.
뚜껑 틈을 비집고 김이 나오면
아침을 절정으로 밀어 올리는 밥내가 나리라.
들고서 나지 않는 삶은 없지 않겠는가.

─ 루이에게

가벼운 눈이 내리는 날이었다. 너를 만나러 가는 내내 설렘과 불안이 혼재되었었다. 새로운 가족을 받아들인다는 것은 만만하게 결정할 수 있는 일이 아니기 때문이었다. 망설임과 기대감, 혼란과 정돈이 머릿속을 돌고 돌아 행동으로 변할 때까지의 시간은 결코 짧지 않았다. 그러나 단번에 빠져들고 말았다. 너를 본 순간, 그동안의 복잡한 심리적 갈등과 변화는 기억나지도 않게 되었다. 한 줌이나 될 듯한 너를 안고 집으로 오는 길에는 여전히 살갑게 흰 눈이 내리고 있었다. 그렇게 눈발이 연결하고 있는 2월의 어느 날 가족이 탄생되었다.

집에 들어서면서부터 바뀐 환경에 어리둥절해진 너의 눈동자의 떨림을 보면서도 걱정이 앞섰다. 너의 울음소리의 변화에 민감할 수밖에 없는 초보 부모라서 일 초 일 초가 긴장이었다. 첫 아이를 맞이하던 삼십여 년 전의 그때로 돌아간 듯 두려움과 벅참이 족쇄처럼 채워졌다. 이별의 상실들에 길들여지기만 했던 시간이 물러나고 다시 만남을 위해 해야 할 임무가 생겼다는 것은 혁명과 같은 일이다. 죽어 가고 있는 나무가 다시 물을 빨아들이고 새잎을 틔우는 것과 다르지 않다. 너는 나에게 봄이다. 새로움을 받아들이게 힘을 주는 봄이다. 말라 가던 감정에 물이 오르도록 마음을 덥혀 주는 기운찬 봄이다.

어쩌면 이해하지 못할 일들이 여러 번 생길지도 모르겠다. 사람과 사람의 통함도 어긋장이 나는 것이 순간순간 일어나는데 사람과 반려견의 관계는 오죽할 것이겠는가. 그러나 서로에게 의지가 된다면 말이 아닌 텔레파시의 이능이 발휘될 것이라 믿는다. 탈이 없지는 않을 것이다. 한 번도 말썽을 부리지 않을 것이라고 기대하지 않는다. 함께 가족으로 살아가기를 선택한 순간부터 너의 기대와 나의 기대가 같을 것이다. 내게로 온 너에게 나는 끊임없이 관심과 사랑으로 대할 것이니 너는 솜뭉치가 물을 빨아들이듯 내 품에 안겨 들면 된다.

─ 지금의 의미

불편하면 불편함을 감당해 내야 한다. 이물질이 끼어 있는 삶이라고 내가 살아가지 않을 세상이 아니다. 해야 한다는 것과 해야만 한다는 것에는 엄연한 차이가 있다. 만이라는 글자 한 자가 강력한 의무라는 굴레를 씌운다. 싫어도 해야 하고 하지 않으면 살아가지 못하게 한다는 무게로 내리누른다. 그러나 그렇다 하여도 나는 지금을 살아갈 것이다. 다시는 글자 한 자에 매여서 시간을 소멸시키지 않을 것이다. 누군가를 위해 살아야 한다는 운명은 단번에 거절한다. 나를 위해서 이제는 시간과 정성을 들이며 살기로 한다. 지금을 너무 오래 놓치고 지내 왔다. 지금의 의미는 나를 나답게 만들어 가며 살아야 한다는 것을 이젠 믿는다.

― 뉴스를 끊었다

포털에서도, TV나 라디오에서도 뉴스 채널은 건너뛴다. 신문은 거들떠보지 않은 지 이미 오래다. 세상이 돌아가는 품새가 마뜩잖으면 스스로 자구책을 마련해야 한다. 관심을 억제시켜 놓은 것이 그 방법이다. 공연한 미련 때문에 미련을 떨 필요는 없다. 내가 관심을 두지 않아도 세상사는 잘 돌아간다. 순방향이든 역방향이든 가고 있을 것이다. 막아설 수 없다면 무관심해짐이 답이다. 내 맘에 안 든다고 애태울 일이 아니다. 모른 척한다고 소외된 것이라고 자책하지 않아야 한다.

뉴스를 끊었다. 세상 돌아가는 방식에 편승하고 싶지 않다. 잘잘못을 매 순간 따지고 진영과 세대를 갈라야 하는 망조에서 떨쳐 나가야겠다. 갈라친다는 단어가 뿜어내고 있는 무시무시한 음모가 몸서리쳐진다. 갈수록 늘어나는 눈주름에 영양 크림이나 바르고 처지고 있는 뱃살을 자극해 주며 장운동이나 시키는 데 정성을 몰아주는 것이 낫다. 누가 누구를 탓하고 누구에게 붙어먹고 있다는 속보는 신물이 난다. 해석해야 하고 첨언에 변명을 덧붙여야 겨우 알아들을 수 있는 뉴스는 언어의 공해다.

봐야 심란해지는 특종 기사를 멀리한다. 들어 봤자 귓밥만 떨려 나오는 말소리는 볼륨을 소거한다. 실상 알고 나면 약간의 사실에 덧대진 추측들이 난무한다. 나에게 이롭지 않은 모든 소식은 미쳐 짖어 대는 소리로 친다. 외부의 소식보다 내부의 내 소식을 새롭게 해야겠다. 누군가의 치부를 역겨워하는 것보다 나에게 실망스럽지 않은 내 소식을 만들어 가는 것이 좋겠다.

─ 쥐도 새도 모르게

가끔은 눈앞의 길이 잘못된 방향일 것이라는 확신이 들어도 가 보는 것이다. 엉뚱하고 싶어질 때가 있다. 같은 길을 반복해 가야 하는 정상적에 질리기도 하는 것이다. 좋은 곳, 바른 방법, 떳떳한 의도. 선택은 항상 최선을 위한 것이라는 식상함에 반기를 들어 보고 싶다. 생소하고 낯선 곳으로. 이익이 될 것 같지는 않으나 궁금해지는 곳으로. 나를 몰아가는 일탈이 때로 생경한 힘을 발휘한다. 나에게 나만이 할 수 있다는 기대를 품고 안심하는 이들의 뒤통수를 갈길 수 있다는 묘한 흥분이 무료함에 긴장감을 준다. 전혀 의외라는 반응이 기대된다. 뜻밖의 사라짐을 감행해 보는 것이 내 몸속의 세포들을 수축시켜 모험가 기질을 선물로 준다.

새벽안개가 낮게 포복하고 있는 이른 출근길을 나서다 공원을 향한 샛길로 들어선다. 안개에 젖어 바스락임이 일어나지 않는 낙엽이 뚫고 올라오는 새싹에 밀려 자리를 내주고 있다. 고깔제비꽃이 냉이꽃들 사이에서 보랏빛을 뽐내고 있다. 고개를 내민 쑥들이 밟히자마자 일어나며 풀 냄새를 피워 낸다. 일탈이 거창할 것이란 편견에서 해방된다. 작은 벗어남이 살맛을 감칠 나게 내어 준다. 공원을 가로질러 가던 길로 가려면 한참 돌아야 한다. 쥐도 새도 모르게 일상의 반경에서 나갔다 왔다는 즐거운 비밀이 사소하다.

― 다큐멘터리

내가 아닌 나를 찾으려 하지 않는다. 아무리 변한다고 하더라도 나는 나일 뿐이다. 지나온 시간의 나와 지금의 내가 본질이 달라진 것은 없다. 항상 그대로를 살아갈 수는 없다. 습성이 바뀌면서, 생각이 달라지면서 살아간다. 하지만 나로부터 예외인 나는 아니다. 만족스럽지 않다고 나를 부정하지는 않는다. 다만 개선을 하기 위해 노력한다. 얼굴 표정이 변했다고 내가 아닌 다른 사람일 수 없다. 체격이 달라졌다고 견혀 다른 내가 아니다. 나는 픽션이 아니다. 논픽션이다. 내 삶의 이야기는 태어남과 동시에 이어지고 이어지는 다큐멘터리다. 가는 길이 선택에 따라 달라지고 닿는 곳이 일정하지 않을 뿐이다. 나 아닌 나는 존재하지 않는다. 죽는 날까지 하늘을 우러러보며 삶을 관통하는 다큐멘터리를 살아가리라.

─ 호들갑

"과묵하다. 점잖다. 말수가 적어서 믿음이 간다."

단어가 다르고 글자의 수가 다르지만 뜻은 비슷하다.

좋게 받아들이면 "믿음직하다." 혹은 "신뢰할 수 있겠다."이지만

달리 받아들이면 "대하기 까다롭다." 또는 "성격이 칙칙하다."라고 해석할 수도 있겠다.

나에 대한 주변인들의 대다수 평가다.

맞다 틀리다로 변별하고 싶지는 않다.

보이는 모습은 그대로가 사실에 가까울 것이기 때문이다.

기질 자체가 그렇기도 할 테지만 일부러 그렇게 보이려 노력하는 면도 있다.

쉽게 보이기 싫어서 달리 말하면 사람에 대한 평가를 의도적으로 얕잡아 보는 사람들이 많아서 과장스러움을 섞어 보여 준다고 해도 무방하다.

사람들은 자신에 비추어 타인을 평가한다.

따라서 평가가 지극히 주관적일 수밖에 없다.

그런데 자신에 견주어 좋은 면은 발견하는 즉시 절하시키고 싶어 한다.

그렇지 않은 단점을 발견하면 안도하는 데 그치지 않고 부각을 시키려한다.

한번 책을 잡아 먹혀들어 가면 그 사람의 인격을 자기보다 하등으로

취급하며

자신의 줏대가 고급스럽다고 호들갑을 떤다.

나는 그런 호들갑을 경멸한다.

나는 누구에게도 함부로 대해져서는 안 된다.

반대로 다른 누구도 함부로 대하지 않는다.

자신을 돋보이게 하기 위해 타인의 험담을 버릇처럼

호들갑스럽게 떠드는 사람은 약점이 많은 사람이다.

인격이 훼손되어 있는 사람이 떠들어 대는 호들갑은 주접이다.

— Travel Season

코로나19가 가장 지대하게 영향을 미친 사람의 활동 중 하나가 여행의 멈춤이다. 여행은 사람과 사람의 이동과 접촉뿐만 아니라 문화와 문물의 교류를 활성화시키는 중요한 문명 발달의 매개체다. 여행이 중단된 이후로 무기력과 우울증에 시달리며 문명의 퇴보까지 경험하게 된 것이 사실이다. 제한된 범위에서만 허락되던 이동 거리가 풀리기 시작했다. 코로나19의 종식은 언제가 될지 알 수 없으나 인류와 함께 살아가야 할 바이러스가 된 것만은 확실하다. 백신 접종을 완료하고 저항력이 강해졌다. 엔데믹이다. 국가들이 하늘길을 열고 있다. 일정 부분 지켜야 할 최소한의 제한 사항이 있을 테지만 억제되었던 여행의 길이 트이고 있다.

여행은 살아온 시간을 돌아보기 위한 것만을 목적으로 하지 않는다. 익숙하지 않은 시간과 장소에서 보지 못했던 자아와 만남을 가지는 시간이다. 지나온 시간과는 전혀 새로운 시간을 설계하는 이도 있고 뼈와 살을 덧붙여 더 단단한 자신을 만들고자 하는 이도 있다. 여행은 지금을 위한 것이라기보다는 미래의 시간과 미리 만나고자 하는 원초적 욕구가 발현된 행동이라고 해도 된다. 세상 돌아가는 이치에 적응이 되고 지긋한 나이가 된 지금의 나와 전혀 다른 나를 만들어 가고자 하는 욕심을 부릴 수는 없다. 그럼에도 불구하고 여행을 하고자 하는 이유는 현실에 안주하고 싶지 않아서다. 현실은 자꾸 이대로가 좋

다고 속삭인다. 새로운 것에 도전하지 말라고 한다. 번거로움에 빠져
들지 말라고 한다. 지금 주변에 있는 사람 이외에 관계를 더 확장시킬
필요가 없다고 한다. 안주에 대한 유혹은 사탕발림보다 달콤한 것이어
서 몸과 마음이 확장성을 잃어버렸다. 코로나19 때문이라고 핑계를 댄
다. 그러나 성가심에 마음 쓰는 것이 싫고 새로움에 겁을 내고 있는 나
의 속성임을 뻔히 안다. 무거워진 몸무게를 덜어 낼 겸 여행을 계획한
다.

　홈 쇼핑을 보다 여행 상품에 덜컥 전화를 손에 쥔다. 이국의 태양과
건물들이 즐비하게 보이는 화면에 빠져든다. 생김새와 차림이 다른 사
람들의 표정이 흥미롭다. 역동적이다. 들고 있는 길거리 음식의 맛이
궁금하다. 황홀한 야경이 가늠할 수 없는 흥분을 일으켜 심장을 빠르
게 뛰게 한다. 나도 저들 속으로 빨려 들어가고 싶어진다. 트레블 시즌
에 합류를 결정한다.

── 왜냐면

"선배는 글을 왜 쓰고 있어요? 돈벌이도 안 되면서, 머리 아프고 시간만 많이 들어가는데."

"그러게, 돈벌이는커녕 오히려 돈과 시간을 들이는 글쓰기를 왜 할까?"

손가락으로 탁자 위를 튕기면서 빙그레 웃음으로 모호한 답을 해 준다.

그냥, 할 일 없이 글을 쓴다고 할 수는 없다.

무엇인가를 한다는 것에는 하려는 의지와 목적이 개입되어 있기 마련이다.

하물며 정신을 집중해야 하고 끊임없는 사색과 언어의 다듬음이 있어야 하는 글쓰기에 아무런 의미도 없다는 것은 말이 안 된다.

한마디로 정리한다면 나에게 글을 쓴다는 것은 간절하게 나를 지켜가고 싶다는 행위이다.

"너는 돈 벌어 먹고사는 일 말고 하고 싶은 것은 없니?"

"요새 그런 생각일랑 하지도 못하고 살지요. 아이들은 어리고 집 한 채 마련하지 못하는 삶에 다른 생각을 끼워 줄 엄두가 나지 않아요."

한두 해면 종식이 될 것이라는 예상을 한참이나 벗어나 코로나19는 변이를 거듭하며 일상을 점령해 들어왔다.

사람들은 코로나19에 생활의 많은 부분을 내어 준 채 공존을 선택해 보려 하지만 생명력을 강력하게 강화하는 코로나19는 혼자 살아남아야겠다는 듯 공존을 쉽게 허락하지 않는다.

앞으로 일 년이든 이 년이든 백신과 치료제가 코로나19와 쉬지 않고 타협을 해낼 것이라는 기대감으로 사람들은 두려운 시간을 버텨 가고 있다.

삶이란 어려움에 처했다고 멈출 수 있는 것이 아니다.

멈추지 않고 부딪쳐야 하고 좌절로부터 일어나야 한다.

나에게 글쓰기란 그런 것이다. 내가 살아가고자 원하는 방향을 보고 설 수 있는 지속성을 스스로에게 주입하는 일이다.

경제적인 득실을 바라지 않는다. 그저 글을 쓰면서 나에게서 일어나는 감정의 변화들을 정화시켜 가고 삶을 대하는 자세를 가다듬는 것 자체가 나는 좋다.

"왜냐면 나에게 글쓰기란 좋아함이다. 나를 지켜 감이다. 마음의 안식이다."

"선배에게는 글이 밥이고 일상인 것이네요."

이해하는 것인지, 이해하고 싶지 않다는 것인지 후배의 표정은 남의 나라에서 일어난 가십거리를 대하는 것처럼 심드렁하다.

— 밥 사 주면서 곁에 둬야 하는 사람

이런 사람은 밥을 사 주면서라도 곁에 두어야 삶이 풍성해진다. 좋은 사람에게는 마음도 몸도 아끼지 말아라.

1. 측은지심으로 사람의 관계를 출발하는 사람은 기본기가 출중하다.
- 배려하는 마음이 바탕에 깔린 인성을 가지고 있는 사람, 부족마저도 나눔을 할 줄 아는 사람, 악의도 선의로 받아들일 준비가 된 사람이다.

2. 미소로 묻고 미소로 답할 줄 아는 사람은 가슴이 따뜻하다.
- 이런 사람을 곁에 두면 삶이 온화해진다. 여유가 생겨난다. 미움이 없어지고 용서 못 할 것이 없어진다.

3. 받은 만큼 돌려주려 애쓰는 사람이 나를 배려하려 노력하는 사람이다.
- 주고받는 것은 인지상정이다. 일방적으로 주거나 받다 보면 나쁜 관성이 되어 오래가지 못한다. 잉여를 나누고 결여를 보충하는 주고받음이 관계의 기본이다.

4. 뒷담화마저도 칭찬으로 마무리를 해 주는 사람이 진짜 친구다.
- 악의적인 뒷담화를 막아 주는 사람, 뒷담화를 하지 않지만 해야 할 상황이 되면 칭찬과 격려로 대신하는 사람, 이런 사람에게는 내 등을

맡겨도 좋지 않겠는가.

5. 무엇보다도 떠올리기만 해도 저절로 편안해지는 사람은 만날 때마
   다 밥을 사 줘라.
- 무엇이 아까우리. 무엇을 못 해 주리. 내 분신이나 다름없다. 살면서
  이런 사람 한두 명만 있어도 참된 인생이다.

─ 밥을 사 줘도 곁에 두지 말아야 할 사람

이런 사람은 밥을 사 줘도, 술을 사 줘도 곁에 두지 말아야 한다. 한번 얻어먹으면 두고두고 우려먹음을 당하게 된다.

1. 험담이 장기인 사람은 즉시 관계를 청산해야 한다.
- 자기보다 잘나 보이면 흠부터 찾아 과장되게 떠벌리는 사람, 자기보다 잘사는 것을 못 견뎌 하는 사람, 자기 이외에는 옳음을 적용하려 하지 않는 사람은 혐오해야 한다.

2. 불평과 불만이 몸에 밴 사람은 주변에서 청소해야 한다.
- 아무리 잘된 일에도 인정이 없다. 옳고 그름의 정리 정돈이 되지 않는다. 이런 사람에게 물들면 삶이 척박해진다.

3. 입이 거친 사람은 귀 씻고 멀리 떨쳐 내야 한다.
- 존재 자체가 소음이다. 쓰레기 더미 속에 처박혀 헤어 나오지 못할 냄새나는 관계가 될 뿐이다. 관계의 오물과 다르지 않다.

4. 책임에서는 자유롭기를 주장하고 권리에만 환장하는 사람은 최악이다.
- 인간성이 결여된 사람이다. 정의의 개념이 자기만을 향해 있다. 사이코패스다. 말이 유창해서 설득당하기 쉽다. 나름 자기 논리를 구성하

고 있는 사기꾼이다.

5. 무엇보다도 자기만을 배려하고 나를 무시하는 사람은 절대 악이다.

- 절대로 곁을 허락해서는 안 될 악마와 같다. 내 피를 빨아 대는 일본 뇌염 모기다. 관계가 길어질수록 후회의 열병에 빠뜨려 피를 말려 죽이는 말라리아다.

─ 밥 먹자는 말속에

"걱정은 그만하고, 망설임은 그만두고 지금은 밥을 먹자."
"배고프지. 속 든든해야 기운이 나는 거야. 밥 먹자."

밥 먹자는 말이 구원으로 들린다.
지쳐 있을 때, 의기소침해졌을 때
마음 상할 때도, 마음 들떠 있을 때도

밥보다 힘을 나게 해 주는 것이 없다.
밥은 사람이다. 밥은 사랑이다.
밥은 마음이다. 밥은 관심이다.

밥 먹자는 말속에는 신이 주는 축원보다
뜨거운 구원이 꿈틀댄다.
밥 먹고 무엇이든 시작하자는 말이
나에겐 절박한 믿음을 주는 종교다.

"오늘이 내일을 불러오듯 순조롭게 살고 싶다면
지금이나 다음이나 배가 차야지.
숟가락에 듬뿍 퍼 올린 고봉밥을 함께 먹자."

── 불편이 살게 한다

어깨 통증이 지속되는 시간이 길어진 지 꽤 오래다. 정형외과를 간헐적으로 다닌다. 시간이 여의찮다는 핑계는 여전히 유효하기 때문이다. 사실 아프면서도 물리 치료 시간 동안 답답한 공간에서 누워 있는 것이 귀찮아서다. 병원에는 물리 치료보다는 약을 타러 가는 것이 목적이다. 좀체 통증이 완화되지 않는다. 저릿저릿한 어깨와 팔과 목이 잠까지 설치게 한다. 그동안 혹사당한 신체 부위들이 방치를 그만 멈추라고 저항하고 있는 것임을 안다. 목 디스크가 어깨 신경을 눌러 팔까지 아픈 것이라 한다. 심할 때면 신경과 근육 주사를 맞고 다른 약들은 뒤로 미룬 채 정형외과 처방 약만 먹기도 한다. 영양제며 비염 약이며 고지혈증 약이며 때마다 챙겨 먹어야 하는 알약들이 한 움큼이다. 날렵하던 허리 위를 내장 지방이 위풍당당하게 점령해 가고 있다. 다초점 안경 없이는 글씨가 잘 읽히지 않는다. 그 많던 머리카락 수가 줄어들어 간다. 걸핏하면 두통에 시달리고 몸살을 앓는다. 몸의 불편 증상이 살아온 훈장같이 주렁주렁 몸에 달린다.

불편하다. 불편이 경각심을 준다. 방심하지 말라고 한다. 스트레칭으로 새벽을 시작하겠다고 약속을 한다. 아침에 일어나면 채워야 할 윗몸 일으키기 개수를 정한다. 걷는 시간과 속도를 늘리기로 했다. 수영장 자유 수영 시간을 체크해 놓는다. 일주일에 한 번은 실외 골프 연습장에서 땀을 내기로 한다. 역설적이게도 불편이 오래 살게 한다.

─ 습관 중독

바꿈이 잘 되지 않는다. 습관이 지금의 나를 만들어 놨기 때문이다. 좋은 습관이야 바꿀 이유가 없겠지만 고침을 해야 하는 습관까지도 생살을 도려내야 하는 것처럼 꺼려진다. 습관 중독이다. 다른 방향으로 갈 것을 미리 생각해 놓았지만 시작하고 나서면 익숙한 방향으로 자꾸 기울어 간다. 습관이란 편안함을 주는 마약과도 같다. 습관을 버리는 것은 삶을 혁명시키는 것이다. 몸에 밴 행동을 버려야 한다. 마음에 박힌 생각을 바꿔야 한다. 변신에는 저항이 따라온다. 극심한 스트레스와 에너지를 소모해야 한다. 약에만 중독되는 것이 아니다. 삶의 방식, 생각의 방식에도 중독이 된다.

아침마다 같은 길을 걸어 사무실로 향하던 식상함에서 벗어나 가 보지 않았던 길로 접어들었다. 한꺼번에 바꿈을 크게 해서 전혀 다른 나를 만들어 가는 혼돈을 경험하기는 싫다. 이전의 나는 이다음의 나와 다르지 않다. 생활의 작은 부분들을 전환시키면서 앞으로의 나를 조금은 개선하는 것으로 족할 생각이다. 급격한 변화를 고집하다 내가 내가 아닌 새로운 존재가 되는 것도 바람직스럽지 않다. 중독되어 있는 습관이 나를 표현하는 개성임을 부정하고 싶지 않다. 다만, 불편과 거북함이 지속되고 있는 습관이라면 방향 전환을 시도할 수준의 중독성 해소를 시도해야겠다.

이팝꽃이 아카시아꽃과 어우러지며 향기를 구분할 수 없이 점령을 하고 있는 길을 걷는다. 미스 김 라일락이 4월을 넘기지 못하고 진 자리를 서양수수꽃다리가 더 진한 향기로 5월을 홀리고 있다. 낮은 담장에 꽃의 무게를 감당하지 못한 덩굴장미 줄기가 휘청인다. 샤스타데이지가 금계국과 혼성으로 쾌청한 하늘을 머리에 이고 있다. 5월의 향기에 중독되는 것은 여전히 최고의 습관이다.

─ 불행의 언어에 반응하기 싫다

언어에는 생명력이 있다. 좋은 언어를 사용하는 사람에게는 기품이 느껴진다. 표정이 온화하게 보인다. 다가갈수록 편안해진다. 그러나 부정적인 언어를 주로 쓰는 사람에게서는 불온한 기운이 퍼져 나온다. 분위기가 섬뜩하다. 멀리서 봐도 소름이 돋는다. 거부감이 가까이 가는 것을 꺼리게 만든다.

말하는 대로 이뤄진다는 말에 공감한다. 삶의 순간에 발생하는 모든 일이 다 그럴 수는 없다. 하지만 자신의 말은 곧 자신을 세뇌시키는 작용을 하게 된다. 긍정으로 무장한 사람에게서는 불행을 자초하는 말이 나오지 않는다. 할 수 있고 해야 한다는 믿음의 언어가 행복으로 가도록 구속하게 해 준다. 나는 감성적이다. 고독한 사색을 즐거워한다. 그리움에 취약하고 아픔에 동화를 잘한다. 그렇다고 불행을 불러들일 정도는 아니다. 주변을 사랑함으로써 나를 사랑하려 한다. 나에게는 물론 다른 이들에게도 관대함으로 타협하려 한다. 항상 행복해지려 노고를 아끼지 않는다.

불행의 언어에 반응하기 싫다. 매사가 아파서 죽겠다는 이의 엄살은 듣기 싫다. 남보다 덜 가질 수밖에 없어서 힘겹다는 넋두리를 혐오한다. 사랑을 받지 못하고 살아서, 불평등하게 만든 사회가 원망스럽다는 불평은 역겹다. 좋은 기운을 담고 있는 언어를 사용하고 들으려 살고 싶다. 듣기만 해도 기분이 좋아지는 말, 해도 해도 즐거움이 용솟는 말에 격하게 반응하고 싶다. 언어는 궁극의 행동이다.

── 금대리에서

비가 오지 않는 날이 길어진 계곡에 물이 흐르지 않고 고여만 있다. 피라미들이 물 위에 무리를 지어 누워 있는 아카시아꽃 사이를 바삐 건드리고 다닌다. 윤슬을 뚫지 못한 산바람이 피라미의 유영을 방치하듯 잔물살을 일으킨다. 흐름을 중지한 금대리 계곡이 권태롭다. 나는 무엇을 건드리며 살고 있는 걸까. 새로운 관계를 잇는 것이 두렵다. 나에게 향하는 간헐적인 관심이 무섭다. 무엇인가 하고 싶다는 욕구가 줄어들었다. 나태가 습성이 된 것인가. 속절없이 건조한 정신에 시간이 고여 흐름을 멈추고 있지는 않은가. 치악산 그림자를 품고 있는 수면에 넋두리를 포개 놓는다. 피라미 한 마리가 물 표면을 뚫고 솟구친다. 느긋한 세계의 고요를 흔든다. 은빛 비늘의 비상이 잠시의 멈춤은 중단을 뜻하지 않아야 한다고 일깨운다. 흐름을 놓치고 살면 안 된다고 나를 타이른다. 비를 간절히 기다리는 계곡의 물처럼 언제든 흐름을 시작할 태세를 발산하고 있어야 할 때다. 손에 닿는 물기운이 서늘하게 정신을 건드린다.

― 옛날을 버렸다

　쉽게 살아가는 것이 좋겠다는 생각이 화두가 되었다. 걱정을 걱정하고 뒤돌아서서 지나가 버린 시간을 위해 후회감에 헌신하는 것은 당장 그만두는 것이 좋으리라. 잘 해내야겠다는 마음이 앞서 지금을 위한답시고 하는 근심과도 거리를 두자. 하물며 회상할수록 존재감에 상처를 내는 옛날쯤이야 버려도 괜찮다. 옛날은 오늘을 위한 무기가 아니다. 지나갔을 뿐이다. 좋았던 아련한 옛날도 그다지 바라 맞이할 기억이 아닐 수 있다. 떠올려 아프다면 쓸모없는 지남이 분명하다. 추억이라는 미명으로 포장하지 말자. 옛날을 버림이 지금을 쉽게 사는 즉효약이 될 수 있다. 복선을 깔고 복잡하게 얽혀 일어나는 현실의 일들을 헤쳐 나가는 것도 버겁다. 매일 부딪치는 일상마저도 실상은 단순하게 생각을 정리할 틈을 주지 않는다. 오늘이 쉽지 않은데 옛날이라니. 단출한 삶을 위하여, 담백한 지금을 위하여 금방 지난 옛날도 버렸다.

── 글쓰기에 대한 태도

글은 쉽게 써야 한다. 읽는 사람들을 위한 최소한의 배려다. 어렵게 쓰는 글은 읽는 사람을 위해서가 아니라 자신의 현학적 만족을 위한 글쓰기에 지나지 않는다. 읽는 사람이 이해하지 못하는 글이 읽히기를 바라는 것은 어불성설이다. 또한 글의 길이가 길어야 할 필요도 없다. 글쓰기의 호흡이 길다고 명문이 되는 것은 아니다. 사람을 감동시키고 앎을 깨닫게 하는 글은 대개 짧고 쉽다. 이해되는 글이 명문이 된다. 감동이 있는 글이 명문이다. 소설이 아닌 다음에야 하나의 주제를 다루는 글이 몇 장, 몇십 페이지를 넘겨야 할 이유는 없다. 모든 문장이 다 좋을 수 없을뿐더러 설명을 위한 사설들이 과도한 양념처럼 붙어 글의 맛을 해칠 수밖에 없다. 공감을 일으키고 고개를 끄덕이게 하는 글은 몇 글자의 단어, 길어야 몇 줄의 문장이면 충분하다. 글을 화려하고 현란하게 쓰기 위해 덧칠하는 꾸밈어들이 길어지는 것은 욕심이 개입된 글쓰기에서 비롯된다. 일차적으로 글은 쉽고 길지 않게 쓰는 것이 좋다는 것이 글쓰기에 대한 나의 태도다.

한 가지를 더한다면 글 한 편만을 쓰고 죽을 것처럼 올인하지 않아야 한다. 시간 따라 생각이 바뀌기 마련이다. 생각의 깊이도 달라진다. 달라지는 생각 따라 표현의 방식도 변한다. 시대의 변화에 따라 좋은 문장의 기준도 바뀐다. 글쓰기는 어느 한순간에 고정되어서는 안 된다. 한 편에 자신의 모든 것을 담아낼 수 없다. 글 한 편에 담을 수 있는 세계는 지금 자신이 느끼고 있는 감정과 생각의 방향이면 충분하다. 오늘 한 문장, 한 편의 글을 쓰고 다시는 글을 쓰지 않을 것처럼 글쓰기를 한다면 잘못을 바로잡을 수 있는 기회를 스스로 버리는 것과 같다. 내가 쓰는 글이 모두 옳은 것이 아닐 수 있다는 전제는 누구에게나 유효하다. 글은 쓰고 난 이후에도 언제든 고칠 수 있어야 한다. 유연성이 없는 글쓰기는 독기의 발산이 될 수 있는 오류를 범한다. 글쓰기가 편협해지면 안 된다. 오늘 쓰는 한 편의 글들이 모이고 모여서 삶을 구성하는 한 권의 책이 된다. 글을 쓰지 않으면 죽을 것 같은 절박함은 좋다. 글을 통해서 삶의 가치를 풍요롭게 하고 싶다는 욕망은 평가받아 마땅하다. 그러나 한 편의 글을 쓰고 죽겠다는 만용은 잘못된 것이다. 오늘의 내가 내일의 내가 아니듯 오늘의 글이 내일 쓰고 싶은 글이 아닐 수 있다.

나는 글을 거의 매일 쓴다. 단 한 줄이라도 쓴다. 생각을 멈추지 않기 위해서다. 생각을 멈추는 것은 삶을 멈추는 것이다. 되도록 길지 않게 쓰려고 노력한다. 쉽게 쓰기 위해서 애쓴다. 일상어들을 끌어들여 쓴다. 글을 쓰면서 나를 감동시키고 싶다. 먼저 나를 감동시켜야 읽는 사람이 공감할 수 있다는 생각을 한다. 나에겐 글쓰기에 대한 태도가 살아가는 태도와 같다.

─ 행복

밑지고 살아와서 다행이다.
남김을 위해 오기 부리지 않았다는 것은
그만큼 죄를 덜어 냈다는 것이다.
필요에 조금 덜 미치고
누림을 다 채우지 않고 지금에 있다.
한구석이 빈 상태가 편안하다.
하고 싶다고 죄다 하고
갖고 싶다고 모두를 소유한다고
지고한 행복을 누린다 하겠는가.
하고 싶어 함이 남아 있어야 삶이 설렌다.
갖고 싶은 부족감이 있어야 힘을 낸다.
손해를 감수할 수 있어야 행복하다.
빈자리 여백을 품고 있어야 너그러워진다.
밑지고 살 수 있어서 참, 다행이다.

─ 시간과의 대화

자주 찾아왔다 물러나는 슬픔의 감정에 속지 말자.

같지만 다른 시간에 있기로 한 결정은 잘했던 거다.

지나쳐 온 삶이 모두 과오가 아니듯

살아갈 미래마저 녹록하지 않을지라도

잘잘못을 따지고 들 필요는 없다.

지금 있는 대로가 나여야 한다.

그때 그랬더라면 하는 가정이 슬프게 하는 것이다.

달라지지 않는다.

그때가 지금을 바꿔 줄 수는 없지 않겠는가.

후회는 해도 상관없지만 지난 상황을 부정하진 말자.

눈물이 나려 하거든 참으려 애쓰지 않도록 하자.

울 가치가 있으니 슬퍼지는 것이겠지.

눈물, 콧물 지리고 나면 다시 정신이 들겠지.

가끔은 서러워져도 괜찮다.

떠난 사람들을 그리워하며 시리게 떨어도 상관없다.

강한 척 억지를 부리다가 슬픔의 늪에 누워 버리면 안 된다.

지금의 나는 내 의지로 만든 최선이지 않겠는가.

― 가족의 의미

집안에 들어와 함께 시간을 나누면 가족이 된다.

핏줄로 이어져야 가족이란 범주에 포함시키는 구분선은 구시대 유물일 뿐이다.

사람이든 물건이든 식물이든 무엇이라도 같이 공간을 나누어 살면 가족이다.

하물며 열어 놓은 창문으로 들어왔다 갇힌 공기라도 가족이라 말하지 못하겠는가.

저절로 손길이 가고 마음이 쓰이면 가족이다.

피곤한 몸을 던져 맡겨도 좋을 소파, 젖은 머리를 말리는 헤어드라이어,

눈을 뜨자마자 까끌한 이를 닦는 칫솔, 문을 열 때마다 손이 닿는 문고리,

몸이 닿는 모든 것, 깊이 배려하지 않아도 서운해하지 않는 것,

있는 듯 없는 듯 필요를 채워 주는 도구들, 언제라도 떠오르면 마음 편안해지는 것,

가족은 거창하지 않아서 거대하게 나를 품어 주는 것이다.

그중 최고는 지금 내 곁에서 숨을 쉬고 잠을 자는 사람이다.

밥그릇, 국그릇, 숟가락을 구분 없이 쓰는 사람은

운명을 공유해 서로의 마음을 절도한 가족 공동정범이다.

── 말맛

말에는 향기가 있습니다.
들어서 즐거운 말과
가슴이 뿌듯해지는 말이 그렇습니다.

말에는 기운이 있습니다.
귀에 담을수록 용기가 나는 말과
행복감이 용솟는 말이 그렇습니다.

고마워.
사랑해.
보고 싶었어.
당신에게만 따뜻하게 지어 주는
소박한 나의 말 밥상입니다.

너무 뜨겁지 않은 온도를 유지할게요.
마음이 데어 화상을 입지 않도록 해야
금방 맛을 느낄 테니까요.

지나치게 식어서 싱겁지 않게 할게요.
차가우면 이 맛인지 저 맛인지

맛을 궁금해해야 할 테니까요.

말에는 맛이 있어야 합니다.
향기와 기운이 나는 말을 먹어 보는 맛이
세상에서 제일 맛난 맛입니다.

─ 침대를 낮추다

침대 높이를 조절했다. 매트리스 하나를 뺐다. 앉아서 다리를 내리면 방바닥에 발바닥이 닿지 않는 불편을 방치했었다. 그냥 귀찮아서 그랬다. 가구를 움직여 재배열하는 것만큼 쓸모없는 힘의 소모가 없다고 생각해서다. 높은 위치에서 잠을 계속 자다 보니 개운한 감도 떨어지고 일어나 침대에서 내려오다 바로 바닥에 닿지 않아 발을 헛디디길 여러 번 했다.

가을비가 계속 오는 연휴라서 그랬나 보다. 하릴없이 리모컨 여행을 하다 좁은 방을 높다랗게 채우고 있는 침대가 거슬렸다. 두꺼운 매트리스를 빼냈다. 안 쓰던 힘을 쓰니 식은땀이 났다. 안 하던 짓을 하는 데는 거추장스러운 불편함을 감수해야 한다. 프레임 위에 두툼한 토퍼만 올려놓았다. 딱딱할 거란 편견이 무색하게 높이도 쿠션감도 안성맞춤이다. 변화를 주고 그 변화가 바로 마음에 드는 것은 드문 일이지만 가을비 때문에 실행한 답답함의 탈출 일탈이 그럴싸하다.

지나치게 높은 곳을 바라보며 살았던 것은 아닐까. 더 행복하자고. 더 많은 것을 가지려고. 더 조건이 좋은 사랑을 찾아서. 침대의 높이를 내리면 수면을 위한 편의가 개선되듯 삶에서 추구하는 높이도 낮추면 마음이 편해지는 것을. 편한 것 중 마음 편한 것이 삶의 최우선이라는 것을 침대를 낮추며 새삼 얻어 낸다.

― 요리도 발견이고 개척이듯

고마리를 꽃이 피어 있는 채로 데쳐서 담담하게 무침을 하는 요리 프로그램을 보면서 별걸 다 먹는다는 생각을 했습니다. 고마리는 하천가나 습지 등 양지에서 자라는 잡풀입니다. 흔하기도 하고 많이 눈에 띄지만 이름을 알고 관심을 가지는 사람은 적을 것입니다. 매운 성질을 가지고 있어 독성이 강할 것이란 편견이 맛으로 느껴져 먹을 만한 것인가에 대해 고개를 갸웃거리게 합니다. 쇠비름도 그렇고 왕고들빼기도 마찬가지로 먹을 수 없을 거라는 생각은 실제 요리가 되는 과정을 보고서야 없어집니다. 요리도 발견이고 개척인 듯합니다. 질경이도, 민들레도 훌륭한 요리로 탄생하는 것을 보면 자리공이나 천남성처럼 독풀이 아닌 다음에야 모든 식물을 식용으로 변화시킬 수 있을 듯도 싶습니다. 그렇다면 사람의 마음은 어떨까요. 마음만 먹으면 안 될 것이 없다고 입바른 말을 많이 합니다. 실상 안 될 일은 안 된다는 것을 알면서도 못 한 일에 대해 오기를 부려 보는 것일 겁니다. 나는 죽을힘을 다해도 안 되는 일은 안 된다고 믿는 편입니다. 안 되는 일은 시작도 하지 말아야겠지만 어쩔 수 없이 시작했다면 포기가 빠를수록 좋다고 생각합니다. 안 될 일을 끝까지 하려다가 못된 일에 빠지게 됩니다. 해서는 안 될 일에 손을 대면서 더 더 죄를 짓게 됩니다. 할 수 있는 일들이 해서 안 되는 일보다 많이 있습니다. 할 수 있는 일을 하기도 바쁜 삶을 안 될 일에 허비하고 있는 것은 아닌지 따져 봐야 합니다. 요리와 마찬가지로 마음도 발견이고 개척입니다. 안 될 일에 가려는 마음을 돌려 될 일에 잡아 두는 것이 자기 발견이고 개척입니다. 가치가 있는 일이라도 나에게 맞지 않다면 나서지 않는 것이 좋습니다. 먹지 못할 풀은 아무리 뛰어난 요리 장인이 나서서 요리를 해도 먹지 못하거나 먹어도 이롭지 않은 것입니다.

─ 계절통

몸에 살이 들어오는 것보다 마음에 들어오는 살을
회피하고 싶어지는 환절기입니다.
지나치며 가볍게 고개인사를 나누는 이웃처럼
일상적인 마주침 정도면 좋겠습니다.
밤새 내리던 비가 떨어진 참나무 이파리에
흔적을 남긴 채 뒹굴뒹굴하고 있는 길을 천천히 걸어
담담하게 그러나 단단한 심정으로
갑옷을 지어 입고 하룻길을 시작합니다.
곁을 지나쳐도 울음소리를 멈추지 않는 귀뚜라미처럼
지나가고 다가오는 계절의 변신을 당당히 맞이하고 싶습니다.
마른기침이 시작되고 신경을 예민하게 하는
왼쪽 편두통이 가을통으로 찾아왔습니다.
몸이 계절을 맞아들이기 시작한 것입니다.
쓸데없이 외로움에 빠져들지 않은 상태로,
지나친 그리움에 눈 붉어지지 않는 적당한 마음통으로
가을의 개념을 정리해 심장에 복사하도록 하겠습니다.

― 엄살

쌀쌀해졌다는 느낌을 받았다면
이미 가을이 깊은 골을 팠다는 것이다.
갑자기 쏟아지던 가을비에 우산을 챙겨 나오지 못해
나무 아래에서 한동안 움직이지 못하며 젖어 갈 때
데자뷔처럼 어느 날과 같은 순간이 떠올랐다.
처음인 것 같지만 같음이 반복되는 장면을 살고 있는 것처럼
엇비슷함의 증폭 속을 누비며 사는지도 모르겠다.
이미 겪었던 가을이 다시 깊어지고 있다.
이번에야말로 어설프게 같음으로 무장한 채
중심으로부터 비껴 서 있지 말자.
내가 있는 공간과 시간에서 발을 빼낼 수도 없지만
그럴 수 있다고 자유로울 수 없음이다.
형편없이 보온이 안 될지라도 얇은 홑이불 한 장
몸에 걸친 채 가을 속에 있자.
나에게 나는 시작부터 끝까지 이어질 횡재다.
다르지 않은 가을을 끝에서 끝으로 이어 내야 한다.

─ 입버릇

입버릇이 비틀리면 저급 포르노그래피를 양산하는 것과 같다.
험담과 잡담을 일삼아 왜곡된 말의 중독에 빠진다.

말의 미학은 누구나 경시하지 않고 상처를 주지 않는
말이 말 같음에서 비롯된다.

입으로 나의 말을 잘하는 사람에게서는 시궁창 냄새가 난다.
말마다 다른 사람의 흠을 가져다 붙이는 사람에게서는 독 거품이 난다.

말의 균형을 잃은 입은 닫침을 당해야 싸다.

— 동행

나를 제외한 전부의 사람이
그럴 리가 없다고 하더라도

하늘 아래 있거나, 하늘 밖에 있거나
무생의 삶이거나, 숨 붙어 있는 생이거나

믿기지 않는다고 할지라도
네가 있는 곳이면

살 수 있는 곳이거나 없는 곳이거나 상관없이
찾지 않아도 나는 있을 테니.

─ 가을의 현신

반복되는 시간의 변화가 식상할 만하지만 막상 변화에 직면하면 처음인 듯 새롭게 다가온다. 팔에 와 닿는 바람의 느낌이 심상치 않다. 햇살이 눈부셔 반소매 셔츠를 입고 나온 이른 아침의 서늘함이 소름을 돋게 한다. 긴팔 옷으로 바꿔 입어야 할 시간이 된 것이다. 시간의 변화를 가장 먼저 감지하는 것이 외부와 직접적으로 접촉이 되는 살갗이다. 콧속으로 드나드는 공기의 압력이 달리 느껴진다. 귓바퀴를 타고 들어왔다 빠져나가는 바람이 냉랭하다. 그늘을 짙게 드리웠던 나뭇잎들이 교묘하게 색깔을 잎끝부터 바꾸기를 시도하고 있다. 이 정도의 변신을 알아챌 정도가 되면 이미 가을의 중심에 들어섰다는 것이 된다. 그렇게 해마다 가을을 맞이하지만 해마다 다가온 가을은 다르게 느껴진다. 나뭇잎의 변화가 일정하지 않은 것처럼 살아온 시간이 동일하지 않기 때문일 것이다.

길 가장자리에서 숲으로 이어지는 황무지에, 보도블록과 건물 사이의 틈새에, 땅이 허락을 해 주는 곳이면 어디나 얕은 뿌리를 내리고 살아 내는 왕고들빼기도 무성하던 잎을 줄이고 꽃을 피웠다. 가을이 절정으로 진입할 듯하면 피었던 순차적으로 꽃이 질 것이다. 씨방을 맺고 홀씨로 만들어 다음의 생을 기약해야 하기 때문이다. 찬 바람이 불기 시작하면 잔기침이 시작된다. 가을을 맞을 준비를 하라고 몸이 미리 경보음을 보내는 것이다. 시간의 흐름에 민감하지 않으면 마음에도, 몸에도 탈이 난다. 왕고들빼기의 준비처럼 차근차근 현신하고 있는 가을에 적응을 시작하라고 나를 보채야겠다.

─ 열심히는 열정이지만 잘하는 것이 프로다

뭘 하든 열심히 하는 것보다 잘하는 것이 낫다. 물론 열심히 해야 잘할 수 있다고 할 사람들의 말은 맞다. 그러나 아무리 열심히 해도 결과가 나오지 않거나 잘못된 결과가 나온다면 열심히는 가치 폄하에 빠진다. 모든 일은 시작과 끝이 있다. 과정이 오래도록 지속되더라도 끝은 오게 되어 있다. 원하는 결과를 만들어 내기 위해서 일을 한다. 결과물이 없어도 좋을 일을 하는 사람은 극히 드물다. 행복을 위해서, 성취감을 위해서 혹은 다수의 삶을 위해서라는 대의도 결국은 바라던 결과를 내기 위함이다. 결과는 목표가 된다. 목표를 달성하기 위해 과정이 필요하고 그 과정의 옳고 그름에 따라 결과물의 평가가 달라지긴 한다. 하지만 평가가 어떠하든 결과가 나와야 한다. 그런 이후에 가치라는 기준은 의미를 갖게 된다. 그러므로 아무리 열심히 해도 결과로 나타나지 않거나 좋지 못한 결과가 나온다면 좋은 평가를 받기는 힘들다. 열심히는 열정의 범위에 들어가지만 미치지 못한 결과에 대해서는 핑계에 불과하다는 평가를 벗어날 수가 없다. 따라서 잘해야 한다. 잘한다는 것에는 이미 열심히가 포함되어 있다고 봐도 무방할 뿐만 아니라 일의 전후좌우를 살펴 원하는 방향으로 진행하고 있다는 것이 전제되어 있다. 추구하는 결과물에 이르도록 잘하는 것이 프로다. 아마추어는 열심히에 집중하지만 프로는 과정 중에 위험 요소를 제거하면서 결과가 잘 나오도록 한다.

─ 분수

사람이 태어나 살아가는 이유는 뭘까요. 단순하게 답을 한다면 행복하기 위해서입니다. 불행을 위해서 사는 사람은 없습니다. 위대해지고 싶은 사람도, 평범함을 무기로 살아가는 사람에게도 삶의 목적은 행복입니다. 태어나면서부터 고독한 사람은 없습니다. 가난을 운명으로 지고 태어나는 사람도 없습니다. 악하다거나 착하기로 이미 결정지어진 채 태어나지도 않습니다. 다만 살아가다 보니 자의적으로 또는 타의에 의해서 그렇게 처지가 변하게 되는 것입니다.

얼마나 행복한지가 문제가 됩니다. 행복이라는 주머니는 염치가 없습니다. 이 정도면 행복하지 않겠는가 하다가 크기를 불러 가게 됩니다. 바람을 넣으면 부풀어 몸집을 불리는 풍선과도 같습니다. 만족의 정도가 크기를 점점 늘려 갑니다. 만족이 클수록 더 행복하다는 착오에 빠져들게 됩니다. 공기를 품을수록 팽팽해지는 압력을 견디지 못하고 풍선이 터지듯 분수를 모르는 행복은 결국 파탄에 이르게 됩니다. 분수는 욕심을 자제하라는 선이라고 할 수 있습니다. 배고플 때 배가 살짝 부르다고 느낄 만큼만. 기분이 처질 때 가볍게 기분을 끌어 올려주는 맥주 몇 잔만큼만. 외로울 때 시끄럽지 않게 떠들 수 있는 수다 몇 마디만큼만. 분수는 소주잔을 채우듯 채우고 싶은 정도의 칠부 능선이면 될 듯합니다. 모자라면 아쉬움이 크게 남아 만족에 이르지 못하고 넘치면 잉여를 버려야 합니다.

지금의 나는 행복합니다. 부족은 느끼려 하지 않고 있습니다. 남아 버릴 만큼도 없습니다. 시간이 나면 가볍게 멀지 않은 곳으로 가서 삶의 여정을 새기듯 여행을 합니다. 든든하고 사랑스러운 사람과 새로 맞아들여 식구가 된 강아지가 언제든 나를 반겨 줍니다. 가끔 만나 서로의 안부를 부담스럽지 않게 나누는 지인들도 새로 생겼습니다. 관계의 분수, 사랑의 분수, 시간의 분수를 지켜 가고 있습니다. 만족의 정도가 행복이라면 행복의 정도를 지켜 가는 것이 분수임을 다시 새겨 갈무리합니다.

── 충분한 눈물

　제대로 해소될 때까지 울어 본 적이 없다는 생각을 해 봅니다. 기쁨을 해소할 눈물, 슬픔을 해소할 눈물, 하물며 억울함이 해갈될 때까지 눈물을 맘먹고 흘려 보지 못한 채 지내 왔습니다. 눈물은 어색한 감정의 표현이라고 회피했습니다. 나답지 않은 감정의 분출이라고 어울리지 않아 했습니다. 하지만 해결되지 못한 편린들이 잔존해 있는 이물감이 다시 찾아오는 것까지 막지 못함을 괴로워해야 했습니다. 나를 위해서 실컷 우는 날을 기피하지 않아야겠습니다. 눈물이 나를 정화시켜 줌을 받아들이기로 했습니다. 폭발하는 눈물은 감정의 잔재를 씻어 주는 진공청소기와 같습니다. 충분히 울겠습니다. 억지로 괜찮다는 말의 뒤에 숨지 않겠습니다. 쏟아지는 감정에 적나라하게 나를 드러내는 눈물은 부끄러움이 아닙니다. 서러움에 복받친 눈물도, 즐거움을 넘쳐 나게 하는 눈물도 엉, 엉 소리 내서 흘림을 충분히 마다하지 않겠습니다.

─ 차단하자

　기억을 왜곡시키거나 감정을 슬럼프에 빠뜨리는 관계에 대한 차단을 늦추는 것은 게을러서 그렇다. 아니다. 무서워서 그럴 것이다. 멀어진다는 것, 잊힌다는 것은 사실 꺼려지는 일이다. 잊어버려야겠다는 감정과 대치 중인 두려움이다. 그러나 안 될 일은 죽어라 애를 써도 안 되는 것처럼 지속하지 말아야 할 관계를 이어 가는 것은 불행의 수렁에 빠져드는 것과 같다. 불필요한 미련을 계속 이어 가는 것은 미련한 감정의 주저함일 뿐이다. 해야겠다는 결심이 서면 가능한 한 빨리 단절하는 것이 정신 건강에 이롭다. 기억을 차단해야겠다는 다짐을 하고 실행에 들어가야 한다. 못살게 괴롭히는 추억은 추억이 아니다. 애만 태우는 사랑은 사랑이 아니다. 다가가려 해도 거리를 두는 애착은 스토킹이 될 뿐이다. 차단시키는 일은 부지런을 떨어야 한다. 소외와는 다름을 인정해야 한다. 멀어짐과 잊힘의 무서움을 넘어서야 한다. 습관이 된 그리움은 지나감으로 차단하자. 애틋하다고 믿었던 순간들도 감성의 착오에서 비롯되었음으로 차단하자. 지금의 감정을 불편하게 하는 인연은 악연이므로 차단하자. 성공적인 차단이 나를 살리는 일이다.

─── 아는 사이

　그냥 아는 사이끼리 반갑다는 말은 자동 반사적이다. 진심을 담은 사이는 보자마자, 생각이 나자마자 말보다는 눈빛이 먼저 환해지고 가슴이 뜨거워진다. 밋밋한 반응은 나도 그도 마찬가지다. 보고 싶다는 생각도, 봐야겠다는 마음도 없이 지나가다가 스치듯, 어쩔 수 없는 자리를 함께하듯 봐도 그만 안 봐도 그만인 사이. 그것이 아는 사이다. 아쉬울 것이 없는 사이다. 주고받을 것이 없는 사이다. 그래서 편견이 개입되지 않는다. 사람에 대한 평가를 내릴 필요가 없는 사이다. 그래서 역설적으로 편한 사이다. 어쩌면 불편을 끼치는 사이보다 인간적인 사이라는 생각이 든다. 행동 하나하나에 신경을 써야 하고 말 한마디에 의미를 담아야 하는 사이가 아니기 때문이다. 무심히 흘러가는 기분대로 해도 좋을 것만 같다. 거친 감정을 드러내지 않아도 된다. 의미를 담은 행동을 하지 않아도 된다. 예민한 감각을 동원해 배려를 하지 않아도 된다는 것은 부담스럽지 않은 사이라는 증명이다. 지나가다 마주치면 손 한 번 들어 주는 사이, "잘 지내지?"라고 가볍게 안부를 묻는 것만으로도 책망하지 않는 사이, 긴가민가 삶을 구체적으로 알려고 애쓰지 않는 사이. 지금 내 시간의 평화를 좀벌레처럼 파고드는 사람이 있어서 그냥 아는 사이 정도의 관계로 밀어내 버리는 것이 어떤가 고민 중이다.

─ 긁적긁적

　장대비가 내릴 거라는 요란한 예보는 이번에도 맞지 않았다. 여전히 덥고 습한 기운이 그대로 한가득하다. 가만히 서 있기만 해도 주르륵거리며 진땀이 나는 장마철이 계속되고 있다. 하지만 시나브로 시작은 끝을 향해 전진하고 있음을 모르지 않는다. 장마 전선이 물러서면 지금보다 더 찌는 듯한 땡볕 아래에서 땀내를 맡아야 한다. 여름이 덥다고 불평을 하는 것이 아니다. 여름이 여름다워야 가을이 풍성해질 것이고 겨울이 고즈넉한 풍경으로 다가올 것이기 때문이다. 그러나 예보대로 하루 한두 차례 후련하게 기분을 풀어 줄 비가 오면 좋겠다는 희망 고문을 물리치기 어렵다.

　원하는 대로 되지 않는다는 것에 불만을 가지고 뒤끝을 부리고 싶지는 않다. 날씨는 바라는 대로 되지 않는 불가능의 벽이다. 그러나 원함마저도 원할 수 없는 시간에 머물러 있고 싶지는 않다. 이룰 수 없는 것과 이루지 못한 것은 다르다. 능력 밖과 능력 이상의 경계가 같을 수는 없다. 이룰 수 없는 것을 이루기 위한 도전은 시간과 열정을 낭비하게 한다. 그러나 이루지 못한 것은 노력을 더 하고 능력을 키워 다시 해볼 만하다. 불가능은 없다는 말은 사실 말장난일 뿐이다. 살다 보면 가능하지 않은 일들이 도처에 널려 있다. 이루어질 일은 이룰 수 있지만 아무리 해도 해도 안 되는 일은 이루어지지 않는다. 능력의 벽, 신분의 벽, 소유의 벽, 불평등의 벽, 기득권의 벽은 옹벽처럼 내가 있을 세계와 다른 세계를 분리한다. 공정과 상식은 더 견고한 벽이다. 비 예보가 어긋났다고 경계의 벽까지 다가갔다. 불쾌지수가 오지랖을 넓혔다.

Andante

　얼마나 느려져야 할까. 나에게 향하는 길목에는 여전히 잡풀이 무성함을 뽐내고 있습니다. 적당히 느리게 가야 독이 올라 있는 풀잎을 피해 갈 수 있습니다. 풀들이 경쟁하듯 몸집을 부풀리고 있을 때가 독성이 강한 법입니다. 바짓단을 뚫고 들어온 풀잎이 맨살을 스쳐 대면 풀독이 올라 가려움에 시달려야 합니다. 누군가를 향해 가야 할 때보다 스스로를 향할 때 더 주의를 기울여야 합니다. 서두르다 과정을 놓치고 자칫 보이는 오류를 간과하게 됩니다. 다른 사람을 위한 길은 가다 말면 그만이지만 나를 향한 여정은 멈출 수 있는 것이 아닙니다. 조심조심 들려오는 모든 소리를 받아들여야 합니다. 장애물은 돌아가야 할지, 넘어가야 할지 신중히 판단해야 합니다. 단번에 지나간 길은 돌아갈 수가 없기 때문입니다. 돌아보며 후회를 일삼지 않기 위해서는 보이지 않는 위험을 전부 감지해 내야 합니다. 삶의 길에 뒷걸음이란 허락되지 않습니다. 나에게 가는 길은 살아 있는 것처럼 울퉁불퉁했다가, 평탄해졌다가 잦은 변화를 일으킵니다. 길의 변신을 파악하기 위해서는 걸음이 느려야 합니다. 숲에 들어서기도 하고 바위산에 빨려들기도 합니다. 살피지 못한 실수를 반복하다가는 위험에서 빠져나오지 못하게 됩니다. 길을 잃지 않기 위해서는 천천히 방향을 가늠하고 발걸음이 요란을 떨지 않아야 합니다. 상황이 급해질 때마다 나는 주문처럼 안단테, 안단테 속말을 반복합니다.